TAMBIÉN DE PAULO COELHO

La espía

El alquimista

El peregrino

Brida

Las valkirias

A orillas del río Piedra me senté y lloré

La quinta montaña

Manual del guerrero de la luz

Veronika decide morir

El Demonio y la señorita Prym

Once minutos

El Zahir

Ser como el río que fluye

La bruja de Portobello

El vencedor está solo

Aleph

Manuscrito encontrado en Accra

Adulterio

Hippie

Paulo Coelho

Hippie

Traducción de
Pilar Obón

VINTAGE ESPAÑOL
Una división de Penguin Random House LLC
Nueva York

Oh María, sin pecado concebida,
ruega por nosotros que a Ti recurrimos.
Amén

Alguien le dijo: "Tu madre y tus hermanos
están allá afuera y quieren verte".

Él le respondió: "Mi madre y mis hermanos son aquellos
que escuchan la palabra de Dios y la practican".

Lucas 8, 20:21

Pensé que mi viaje había llegado a su final
Yo estaba en mi límite
El camino frente a mí, cerrado
Las provisiones, acabadas
Y había llegado el momento de buscar abrigo
en la oscuridad silenciosa
Pero descubrí que
tu deseo permanecía
Cuando las viejas palabras habían sido olvidadas por la lengua cansada
nuevas melodías brotaban de mi corazón
donde los viejos caminos acababan
Un nuevo mundo se revelaba

RABINDRANATH TAGORE

Para Kabir, Rumi, Tagore, Pablo de Tarso, Hafez,
que me acompañan desde que los descubrí,
que escribieron parte de mi vida,
que cuento en el libro, muchas veces con sus palabras.

Las historias relatadas aquí forman parte de mi experiencia personal. Alteré el orden, los nombres y los detalles de las personas, y tuve que condensar algunas escenas, pero todo lo que ocurrió es verdadero. Usé la narrativa en tercera persona porque eso me permitió dar a los personajes su propia voz en la descripción de sus vidas.

que buscaban triunfar en la vida con sus pésimos ejemplos de libertinaje y "amor libre", como les gustaba decir con desprecio. Pues bien, esa multitud cada vez más numerosa de jóvenes tenía un sistema de divulgación de noticias que nadie, absolutamente nadie, lograba detectar.

Sin embargo, el "correo invisible" funcionaba poco para divulgar y comentar el nuevo modelo de la Volkswagen o los nuevos tipos de jabón en polvo que acababan de ser lanzados en el mundo entero. Sus noticias se limitaban a informar cuál sería la próxima gran senda que recorrerían aquellos jóvenes insolentes, sucios, practicantes del "amor libre" y que usaban ropas que ninguna persona de buen gusto sería capaz de vestir. Las chicas con el cabello trenzado cubierto de flores y sus faldas largas, blusas coloridas sin ningún sostén que ocultara los senos, collares de todo tipo de colores y cuentas; los muchachos con cabellos y barba que no habían sido cortados en meses, usando jeans descoloridos y rasgados de tanto uso, porque los jeans eran caros en todas partes del mundo, excepto en Estados Unidos, donde habían dejado el gueto de los obreros de las fábricas y ahora eran vistos en los gigantescos conciertos de San Francisco y sus alrededores.

El "correo invisible" existía por las personas que siempre estaban en esos conciertos, intercambiando ideas acerca de dónde deberían encontrarse, cómo podían descubrir el mundo sin abordar un autobús de turismo donde un guía iba describiendo los paisajes, mientras las personas más jóvenes se aburrían y los viejos dormían. Y así, a través del llamado boca-a-boca, todos en el mundo sabían dónde sería el próximo concierto o la próxima gran senda por ser recorrida. Y no existían límites financieros para nadie, porque el autor preferido de todos en esta comunidad no era Platón ni Aristóteles, ni los cómics de algunos dibujantes que habían ganado el estatus de celebridad. El gran libro, sin el cual prácticamente nadie viajaba al Viejo Continente, se llamaba *Europa en cinco dólares al día*, de Arthur Frommer. En él podían saber dónde hospedarse, qué ver, dónde comer y cuáles eran los puntos de encuentro y los lugares en los cuales podía escucharse música en vivo sin gastar prácticamente nada.

El único error de Frommer fue haber limitado su guía a Europa en esa época. ¿Acaso no existían otros lugares interesantes? ¿Las personas no estaban más dispuestas a ir a India que a París? Frommer corregiría esa falla algunos años después, pero mientras tanto el "correo invisible" se encargó de promover una ruta en América del Sur, en dirección a la ex ciudad perdida de Machu Picchu, advirtiendo a todos que no comentaran mucho con quien no conocía la cultura hippie, pues en breve el lugar sería invadido por bárbaros con sus máquinas fotográficas y las extensas explicaciones (rápidamente olvidadas) acerca de cómo un grupo de indios había creado una ciudad tan bien escondida, que solo podía ser descubierta desde lo alto, algo que ellos juzgaban que era imposible que sucediera, porque los hombres no vuelan.

Seamos justos: existía un segundo e inmenso bestseller, no tan popular como el libro de Frommer, pero que era consumido por personas que ya habían vivido su fase socialista, marxista, anarquista y que terminaron todas en una profunda desilusión con respecto al sistema inventado por quienes decían: "La toma del poder por los trabajadores de todo el mundo es inevitable". O "la religión es el opio del pueblo", probando que quien pronunciaba frase tan estúpida no entendía del pueblo y mucho menos del opio. Porque entre las cosas en las que creían esos jóvenes mal vestidos, con ropas diferentes, que no se bañaban, etcétera, era en Dios, dioses, diosas, ángeles y cosas de ese tipo. El único problema era que ese libro, *El retorno de los brujos*, escrito por dos autores, el francés Louis Pauwels y el soviético Jacques Bergier, matemático, ex espía, investigador incansable del ocultismo, decía exactamente lo contrario de los manuales políticos: el mundo está compuesto de cosas interesantísimas, existen alquimistas, magos, cátaros, templarios y otras palabras, que hacían que nunca fuera un gran éxito de librería porque, como mínimo, un ejemplar era leído por diez personas, dado su costo exorbitante. En fin, Machu Picchu estaba en el libro y todos querían ir ahí, a Perú, donde había jóvenes del mundo entero (bueno, afirmar que "del mundo entero" es un poco exagerado, porque los que vivían en la Unión Soviética no tenían tanta facilidad para salir de su país).

En fin, volviendo al asunto: en las llamadas "sendas hippies" se podían encontrar jóvenes de todos los lugares del mundo que lograban obtener por lo menos un bien inestimable llamado "pasaporte". Nadie sabía exactamente lo que quería decir la palabra *hippie* y eso no tenía la menor importancia. Tal vez su significado fuera "una gran tribu sin líder" o "marginados que no asaltan", o alguna de las descripciones ya dichas al inicio de este capítulo.

Los pasaportes, esos pequeños cuadernos proporcionados por el gobierno, colocados en una bolsa amarrada a la cintura junto con el dinero (poco o mucho era irrelevante), tenían dos finalidades. La primera, como todos sabemos, poder atravesar las fronteras, siempre que los guardias no se dejaran llevar por las noticias que leían y decidieran mandar a la persona de regreso, porque no estaban acostumbrados a esas ropas y aquellos cabellos y aquellas flores y aquellos collares y aquellas baratijas y aquellas sonrisas de quienes parecían estar en un constante estado de éxtasis, normal aunque injustamente atribuido a las drogas demoniacas que, decía la prensa, consumían los jóvenes en cantidades cada vez mayores.

La segunda función del pasaporte era librar a su portador de situaciones extremas cuando el dinero se acababa por completo y aquél no tenía a quién recurrir. El "correo invisible" siempre proveía la información necesaria de los lugares donde el pasaporte podría venderse. El precio variaba de acuerdo con el país: un pasaporte de Suecia, donde todos eran rubios, altos y de ojos claros, valía muy poco, ya que solo podría ser revendido a rubios altos de ojos claros, y ésos generalmente no estaban en la lista de los más solicitados. Pero un pasaporte de Brasil valía una fortuna en el mercado negro, porque este era un país donde, además de rubios altos y de ojos claros, también hay negros altos y bajos de ojos oscuros, orientales de ojos rasgados, mulatos, indios, árabes, judíos... en fin, un inmenso caldo de cultivo, por lo que su pasaporte terminaba siendo uno de los más codiciados documentos del planeta.

Una vez vendido el pasaporte, el portador original iba al consulado de su país y, fingiendo terror y depresión, decía que había sido asaltado y que le habían robado todo, y que se había quedado sin dinero y sin pasaporte. Los consulados de los países más ricos ofrecían pasaporte y boleto gratis de vuelta, lo cual inmediatamente era rechazado, con el alegato de que "alguien me debe una buena cantidad; antes de volver necesito recibir lo que es mío". Los países pobres, normalmente sometidos a severos sistemas de gobierno, en manos de los militares, llevaban a cabo un verdadero interrogatorio para ver si el solicitante no estaba en la lista de "terroristas" buscados por subversión. Una vez que constataban que la chica (o el chico) tenía una ficha limpia, estaban obligados a proporcionar el documento en contra de su voluntad. Ni siquiera ofrecían el pasaje de regreso porque no existía interés en tener a aquellas aberraciones corrompiendo a una generación que estaba siendo educada para respetar a Dios, a la familia y a la propiedad.

Volviendo a las sendas: después de Machu Picchu vino el turno de Tiahuanaco, en Bolivia. Enseguida, Lhasa, en Tíbet, donde era muy difícil entrar porque, según el "correo invisible", había una guerra entre los monjes y los soldados chinos. Claro que era difícil imaginar esta guerra, pero todo el mundo lo creía y nadie se arriesgaría a realizar un larguísimo viaje solo para terminar como prisionero de los monjes o de los soldados. Finalmente, los grandes filósofos de la época, que justamente se habían separado en abril de ese año, anunciaron poco antes que la gran sabiduría del planeta estaba en la India. Eso bastó para que muchos jóvenes del mundo entero se dirigieran a ese país en busca de sabiduría, conocimiento, gurús, votos de pobreza, iluminación y un encuentro con *My Sweet Lord.*

Sin embargo, el "correo invisible" avisó que el gran gurú de los Beatles, Maharishi Mahesh Yogi, había intentado seducir y tener relaciones sexuales con Mia Farrow, una actriz que con el correr de los años siempre tuvo experiencias amorosas infelices y se fue a la India por invitación de los Beatles, posiblemente para curarse de los traumas relacionados con la sexualidad que parecían perseguirla como un mal karma.

Pero todo indica que el karma de Mia Farrow también viajaría al mismo lugar, junto con John, Paul, George y Ringo. Según ella, meditaba en la caverna del gran gurú cuando él la agarró e intentó forzarla a tener relaciones sexuales. A esas alturas, Ringo ya había vuelto a Inglaterra porque su mujer detestaba la comida de India, y Paul también decidió abandonar el retiro, convencido de que aquello no lo estaba llevando a ningún lugar.

Solo George y John permanecieron en el templo de Maharishi cuando Mia llegó hasta ellos, envuelta en lágrimas, y contó lo que había pasado. Inmediatamente ambos hicieron sus maletas y, cuando el Iluminado vino a preguntar qué estaba sucediendo, la respuesta de Lennon fue contundente: "¿No eres tan iluminado para c****? Entonces lo sabes muy bien".

Ahora, en septiembre de 1970, las mujeres dominaban el mundo; mejor dicho, las jóvenes *hippies* dominaban el mundo. Los hombres andaban de aquí para allá a sabiendas de que lo que las seducía no era la moda —ellas eran mucho mejores que ellos en ese asunto—, de manera que decidieron aceptar de una vez por todas que eran dependientes, vivían con un aire de abandono y con la petición implícita de "protégeme, estoy solo y no logro encontrar a alguien, creo que el mundo se olvidó de mí y el amor me abandonó para siempre". Ellas elegían a sus machos y nunca pensaban en casarse, sino solo en pasar un tiempo bueno y divertido con un sexo intenso y creativo. Y, tanto en cosas importantes como superficiales e irrelevantes, la última voz también era la de ellas. Por lo tanto, cuando el "correo invisible" esparció la noticia del asedio sexual de Mia Farrow y de la frase de Lennon, inmediatamente decidió cambiar de rumbo.

Se creó otra senda *hippie*: de Ámsterdam (Holanda) a Katmandú (Nepal), en un autobús cuyo pasaje costaba aproximadamente cien dólares y atravesaba países que debían ser muy interesantes: Turquía, Líbano, Irán, Iraq, Afganistán, Paquistán y parte de la India (muy lejos del templo de Maharishi, dígase de paso). El viaje duraba tres semanas y recorría un número absurdo de kilómetros.

Karla estaba sentada en la plaza de Dam, preguntándose cuándo llegaría el sujeto que debía acompañarla en esta mágica aventura (según ella, claro). Había dejado su empleo en Rotterdam, que estaba a solo una hora en tren, pero como tenía que ahorrar cada centavo vino en autostop y el viaje duró casi un día. Descubrió el viaje en autobús a Nepal en una de las decenas de periódicos alternativos que eran hechos con mucho sudor, amor y trabajo por gente que creía tener algo que decir al mundo, y enseguida eran vendidos por una cantidad insignificante.

Después de una semana de espera, comenzó a ponerse nerviosa. Había abordado a una decena de muchachos venidos del mundo entero, interesados solo en quedarse ahí, en esa plaza sin el menor atractivo más allá del monumento en forma de falo, que por lo menos debía estimular la virilidad y el coraje. Pero no: ninguno de ellos estaba dispuesto a ir a lugares tan desconocidos.

No se trataba de la distancia: la mayoría era de Estados Unidos, América Latina, Australia y otros países que exigían dinero para los carísimos boletos de avión y la gran cantidad de puestos fronterizos de donde podían ser expulsados y que los harían volver a sus lugares de origen sin conocer una o dos capitales del mundo. Llegaban ahí, se sentaban en la plaza sin gracia, fumaban marihuana, se alegraban porque podían hacerlo frente a los policías, y comenzaban a ser literalmente secuestrados por sectas y cultos que abundaban en la ciudad. Olvidaban, por lo menos por algún tiempo, lo que vivían escuchando: hijo mío, tienes que ir a la universidad, cortarte ese cabello, no avergüences a tus padres porque los demás (¿los demás?) van a decir que te dimos una pésima educación, eso que escuchas NO es música, ya es hora de que encuentres un trabajo y, si no, sigue el ejemplo de tu hermano (o hermana), que aunque es más joven que tú ya tiene suficiente dinero para financiar sus placeres y para no pedirnos nada a nosotros.

Lejos de la eterna cantaleta de la familia, ahora eran personas libres, y Europa era un lugar seguro (siempre que no se aventuraran a atravesar la famosa Cortina de Hierro, "invadiendo" un país comunista) y ellos estaban contentos, porque estando de viaje se aprende todo lo que será necesario para el resto de la vida, siempre que no tengan que explicárselo a sus padres.

"Papá, yo sé que tú quieres que tenga un título, pero eso puedo tenerlo en cualquier momento de la vida, lo que necesito ahora es experiencia".

No había padre que entendiera esa lógica, y sólo restaba juntar algún dinero, vender alguna cosa y salir de casa cuando la familia durmiera.

Todo iba bien; Karla estaba rodeada de personas libres y decididas a vivir cosas que la mayoría no tenía el valor de vivir. ¿Pero por qué no ir en autobús a Katmandú? Porque no es Europa, respondían. Nos es completamente desconocido. Si algo pasa, siempre podemos ir al consulado y pedir ser repatriados (Karla no sabía de un solo caso en que eso hubiera ocurrido, pero esa era la leyenda, y la leyenda se convierte en verdad cuando se repite muchas veces).

Durante el quinto día esperando a quien ella designaría como su "acompañante", comenzó a desesperarse; estaba gastando dinero en un dormitorio cuando podía fácilmente dormir en el *Magic Bus* (ese era el nombre oficial del autobús de cien dólares y miles de kilómetros). Decidió entrar al consultorio de una vidente por donde pasaba siempre antes de ir a Dam. El lugar, como siempre, estaba vacío; en septiembre de 1970 todo el mundo tenía poderes paranormales, o los estaba desarrollando. Pero Karla era una mujer práctica, y aunque meditara todos los días y estuviera convencida de que había comenzado a desarrollar su tercer ojo —un punto invisible que queda entre los ojos—, hasta ese momento solo había encontrado a los muchachos equivocados, aunque su intuición le garantizara que eran los correctos.

Por lo tanto, decidió recurrir a la vidente, sobre todo porque aquella espera sin fin (ya había pasado casi una semana, ¡una eternidad!) la estaba llevando a considerar seguir adelante con una compañía femenina, lo que podía ser un suicidio, sobre todo porque atravesarían muchos países donde dos mujeres solas serían como mínimo mal vistas y, en la peor de las hipótesis, según su abuela, terminarían siendo vendidas como "esclavas blancas" (para ella, el término era erótico, pero no quería experimentarlo en carne propia).

La vidente, que se llamaba Layla, era un poco mayor que ella, toda vestida de blanco y con una sonrisa beatífica de quien vive en contacto con el Ser Superior. La recibió con una reverencia (debía estar pensando: "Al fin voy a ganar dinero para pagar el alquiler del día"), le pidió que se sentara, cosa que ella hizo, y la elogió porque había elegido justamente el punto de poder de la sala. Karla fingió para sí misma que realmente estaba consiguiendo abrir su tercer ojo, pero su subconsciente le avisó que Layla debía decirles eso a todos. Mejor dicho, a los pocos que entraban ahí.

En fin, eso no venía al caso. Encendió un incienso ("vino de Nepal", comentó la vidente, pero Karla sabía que había sido fabricado ahí cerca; los inciensos eran una de las grandes industrias *hippies*, junto con los collares, las camisas *batik*, los parches con el símbolo *hippie* o con flores y la frase "Flower Power", para colocarse en la ropa). Layla tomó un mazo de cartas y comenzó a barajar; pidió a Karl que lo cortara por el centro, puso tres cartas y comenzó a interpretarlas de la forma más tradicional posible. Karla la interrumpió.

—No fue para esto que vine aquí. Solo quiero saber si voy a encontrar compañía para ir al mismo lugar de donde dices... —puso énfasis en lo de *donde dices*, porque no quería tener un mal karma. Si solo hubiera dicho *quiero ir al mismo lugar*, tal vez habría terminado en uno de los suburbios de Ámsterdam, donde quedaba la fábrica de inciensos—… de donde dices que vino el incienso.

Layla sonrió, aunque la vibración había cambiado por completo; su interior hervía de rabia por haber sido interrumpida en un momento tan solemne.

—Sí, claro que la vas a encontrar —forma parte del deber de las videntes y las cartománticas decir siempre lo que los clientes quieren oír.

—¿Y cuándo?

—Antes de que termine el día de mañana.

Las dos quedaron sorprendidas.

Por primera vez, Karla sintió que la otra decía la verdad porque su tono era positivo, enfático, como si su voz viniera de otra dimensión. Layla, por su lado, se asustó; no siempre sucedían así las cosas, y cuando ocurrían de ese modo le daba miedo recibir un castigo por entrar sin mucha ceremonia a aquel mundo que parecía falso y verdadero, aunque todas las noches se justificara en sus oraciones diciendo que todo lo que hacía en la tierra era ayudar a los demás dando más positividad a lo que querían creer.

Karla se levantó inmediatamente del "punto de poder", pagó media consulta y salió antes de que llegara el sujeto que estaba esperando. "Antes de que termine el día de mañana" era algo vago; podía ser el día de hoy. Pero, de cualquier forma, sabía que ahora estaba esperando a alguien.

Volvió a su lugar en Dam, abrió el libro que estaba leyendo y que pocos conocían, lo que daba a su autor el estatus de *cult*: *El señor de los anillos*, de J. R. R. Tolkien, que habla de lugares míticos como el que ella pretendía visitar. Fingió que no escuchaba a los muchachos que de vez en cuando venían a perturbarla con una pregunta idiota o un pretexto frágil para iniciar una conversación todavía más frágil.

Paulo y el argentino ya habían conversado todo lo que era posible conversar y ahora miraban aquellos terrenos planos, sin que les importara en realidad; junto a ellos viajaban recuerdos, nombres, la curiosidad y, sobre todo, un inmenso miedo de lo que podía pasar en la frontera de Holanda, probablemente a unos veinte minutos de distancia.

Paulo intentó colocar su largo cabello dentro de la chamarra.

—¿Y tú crees que vas a engañar a los guardias con eso? —preguntó el argentino—. Ellos están acostumbrados a todo, absolutamente a todo.

Paulo desistió de aquella idea. Le preguntó al argentino si no estaba preocupado.

—Claro que lo estoy. Sobre todo porque ya tengo dos sellos de entrada en Holanda. Entonces, podrían desconfiar, porque estoy viniendo con mucha frecuencia. Y eso solo puede significar una cosa.

Tráfico. Pero, por lo que Paulo sabía, la droga ahí era libre.

—Claro que no. Los opiáceos están severamente restringidos. Lo mismo la cocaína. Claro que no tienen cómo controlar el LSD, porque basta mojar una página de libro o un pedazo de tela con la mezcla y después recortar y vender los pedacitos. Sin embargo, todo lo que es detectable te puede llevar a prisión.

Paulo creyó que era mejor parar esa conversación ahí, porque tenía una inmensa curiosidad por preguntar si el argentino llevaba algo; pero el simple hecho de saberlo ya lo convertía en cómplice de un delito. Había estado preso una vez, aunque era completamente inocente, en un país que tenía una calcomanía en todas las puertas de los aeropuertos: "Brasil: ámelo o déjelo".

Como siempre sucede con los pensamientos que intentamos apartar de la cabeza porque cargan una negatividad intensa —y la negatividad atrae todavía más energías diabólicas—, el simple hecho de haber recordado lo ocurrido en 1968 no solo hizo que su corazón se disparara, sino que revivió detalles de aquella noche en un restaurante en Punta Grossa, en el Paraná, un estado brasileño conocido por proporcionar pasaportes de personas rubias y de ojos claros.

Estaba volviendo de su primer largo viaje en la senda *hippie* de moda. Junto con su novia —once años mayor que él, quien nació y creció en el régimen comunista de Yugoslavia, hija de una familia noble que había perdido todo pero le había dado una educación que le enseñó a hablar cuatro idiomas, había huido a Brasil, se había casado con un millonario con bienes mancomunados, se había separado cuando descubrió que él ya la consideraba "vieja" a sus treinta y tres años y salía con una niña de diecinueve, y era cliente de un excelente abogado que consiguió una indemnización para que ya no necesitara trabajar ni un solo día el resto de su vida—, Paulo había partido para Machu Picchu en algo conocido como Tren de la Muerte, un tren bastante diferente de aquel en que estaba ahora.

—¿Por qué lo llaman el Tren de la Muerte? —preguntó la novia al hombre encargado de revisar los boletos—. No estamos pasando por muchos precipicios.

Paulo no tenía el menor interés en la respuesta, pero esta llegó de cualquier manera.

—En el siglo pasado era utilizado para transportar leprosos, enfermos y los cuerpos de las víctimas de una grave epidemia de fiebre amarilla que se extendió sobre la región de Santa Cruz.

—Imagino que hicieron un excelente trabajo de desinfección de los vagones.

—Desde entonces, excepto por uno que otro minero que decide ajustar cuentas, nadie más se ha enfermado.

Los mineros a los que se refería no eran los nacidos en Minas Gerais, Brasil, sino los que trabajaban día y noche en las minas de estaño de Bolivia. Bueno, estaban en un mundo civilizado, esperaba que nadie decidiera ajustar cuentas ese día. Para tranquilidad de ambos, la mayoría de los pasajeros eran pasajeras, con sus sombreros de palma y sus ropas coloridas.

Llegaron a La Paz, la capital del país, cuya altitud es de 3,610 metros, pero como habían subido en tren no sintieron mucho el efecto de la falta de aire. Incluso así, al bajarse en la estación, vieron a un joven con ropas que identificaban a la tribu a la que pertenecía, sentado en el suelo y medio desorientado. Le preguntaron qué le pasaba ("No puedo respirar bien"). Un hombre que pasaba les sugirió que masticaran hojas de coca, la costumbre tribal que ayudaba a los habitantes a enfrentar la altitud, que eran vendidas libremente en los mercados de la calle. El muchacho se sintió mejor y pidió que lo dejaran solo porque iría a Machu Picchu ese mismo día.

La recepcionista del hotel que eligieron llamó aparte a su novia, le dijo algunas palabras y enseguida hizo el registro. Subieron a la habitación y durmieron una hora, no sin que antes Paulo preguntara qué le había dicho aquélla:

—Nada de sexo durante los dos primeros días.

Era fácil de entender. No había la menor disposición para hacer nada.

Se quedaron dos días, sin tener sexo, en la capital del país, sin ningún efecto colateral por la falta de oxígeno, el llamado *soroche.* Tanto él como su novia lo atribuyeron a los efectos terapéuticos de la hoja de coca, pero en realidad no tenía absolutamente nada que ver con eso; el *soroche* les ocurre a las personas que vienen de cerca del nivel del mar y de repente suben a grandes altitudes —como los que viajan en avión— sin darle tiempo al organismo de acostum-

brarse. Y ambos habían pasado siete largos días subiendo en
el Tren de la Muerte. Mucho mejor para adaptarse al lugar,
y mucho más seguro que el transporte aéreo, pues Paulo vio
en el aeropuerto de Santa Cruz de la Sierra un monumento
a los "heroicos pilotos de la compañía que sacrificaron sus
vidas en el cumplimiento de su deber".

En la capital encontraron a los primeros *hippies*, que
como una tribu global consciente de la responsabilidad y la
solidaridad que debían tener unos con otros usaban siempre el famoso símbolo de una runa vikinga invertida. En el
caso de Bolivia, un país donde todos usaban ponchos, camisas y chamarras de colores, era prácticamente imposible saber
quién era quién sin la ayuda de la runa cosida en las chamarras o en los pantalones.

Esos primeros hippies eran dos alemanes y una canadiense. La novia, que hablaba alemán, pronto fue invitada
a dar un paseo por la ciudad, mientras él y la canadiense se
miraban, sin saber exactamente qué decir. Cuando, media
hora después, los tres volvieron del paseo, decidieron que
debían partir en vez de quedarse ahí gastando dinero: seguirían hacia el lago de agua dulce más alto del mundo, cruzarían en barco sus aguas, desembarcarían en el otro extremo
del lago, ya en territorio peruano, e irían directo a Machu
Picchu.

Todo habría salido de acuerdo con lo planeado si, al llegar a las márgenes del Titicaca (el famoso lago más alto del mundo), no se hubieran topado de frente con un monumento antiquísimo, conocido como la Puerta del Sol. Reunidos en torno a este había más *hippies*, con las manos unidas, en un ritual que ellos no querían interrumpir y al mismo tiempo del que les hubiera gustado participar.

Una chica los vio, los llamó silenciosamente con una señal de la cabeza y los cinco pudieron sentarse junto a los demás.

No era necesario que explicaran el motivo por el que estaban ahí; la puerta hablaba por sí misma. Tenía una rajadura en el centro del travesaño superior, posiblemente causada por un rayo, pero el resto era un verdadero esplendor de bajorrelieves que contaban la historia de un tiempo ya olvidado, pero todavía presente, que quería ser recordado y descubierto de nuevo. Había sido esculpida en una sola piedra, y en el travesaño superior estaban los ángeles, los señores, los símbolos perdidos de una cultura que, según contaban los locales, indican la manera de recuperar el mundo en caso de que fuera destruido por la avidez humana. Paulo, que a través de la abertura de la puerta podía ver el lago Titicaca a la distancia, comenzó a llorar, como si estuviera en contacto con sus constructores, gente que abandonó el lugar a toda prisa, antes incluso de terminar el trabajo, porque tenía miedo de algo o de alguien que apareció, pidiéndoles que se detuvieran. La chica que los había llamado al círculo sonrió; también tenía lágrimas en los ojos. El resto tenía los párpados cerrados, conversando con los antiguos, procurando saber qué los había llevado ahí y respetando el misterio.

Quien quiera aprender magia debe comenzar mirando a su alrededor. Todo lo que Dios quiso decirle al ser humano lo colocó frente a él, la llamada Tradición del Sol.

La Tradición del Sol es democrática, no fue hecha para los estudiosos o los puros, sino para las personas comunes. El poder está en todas las pequeñas cosas que forman parte del camino de un hombre; el mundo es un salón de clases: el Amor Supremo sabe que estás vivo y te enseñará.

Y todos estaban ahí, en silencio, prestando atención a algo que no lograban entender bien, pero que sabían que era verdad. Una de las jóvenes cantó una canción en una lengua que Paulo no podía entender. Un muchacho, tal vez el mayor de todos, se levantó, abrió los brazos e hizo una invocación:

> *Que el Sublime Señor nos dé*
> *Un arcoíris para cada tempestad*
> *Una sonrisa para cada lágrima*
> *Una bendición para cada dificultad*
> *Un amigo para cada momento de soledad*
> *Una respuesta para cada plegaria.*

Y, exactamente en ese momento, se escuchó el silbato de un barco, que en realidad era un navío construido en Inglaterra, desmontado y transportado hasta una ciudad de Chile y cargado en piezas, por mulas, hasta los tres mil ochocientos metros de altura, donde se encuentra el lago.

Todos embarcaron en dirección a la antigua ciudad perdida de los incas.

Ahí pasaron días inolvidables, porque rara vez alguien lograba llegar a ese lugar; solo podían hacerlo quienes eran los niños de Dios, los libres de espíritu y dispuestos a enfrentar sin miedo lo desconocido.

Durmieron en casas abandonadas y sin techo, mirando las estrellas; hicieron el amor, comieron lo que habían traído de alimento, se bañaron todos los días completamente desnudos en el río que corría bajo la montaña, hablaron sobre la posibilidad de que los dioses realmente hubieran sido astronautas y llegado a la Tierra en aquella región. Todos habían leído el mismo libro del suizo que acostumbraba interpretar los dibujos incas como si intentaran mostrar algo a los viajeros de las estrellas, así como habían leído a Lobsang Rampa, el monje de Tíbet que hablaba de la apertura del tercer ojo, hasta que un inglés les contó a todos los sujetos reunidos en la plaza central de Machu Picchu que el tal monje se llamaba Cyril Henry Hoskins, un plomero del interior de Inglaterra, cuya existencia había sido recientemente descubierta y cuya autenticidad había sido desmentida por el Dalai Lama.

El grupo entero quedó muy desilusionado, sobre todo porque, como Paulo, estaba convencido de que realmente existía una glándula entre los dos ojos, llamada pineal, cuya verdadera utilidad aún no había sido descubierta por los científicos. Por lo tanto, el tercer ojo existía, aunque no de la forma en que Lobsang Cyril Rampa Hoskins había descrito.

Durante la tercera mañana, la novia decidió volver a casa, y también decidió, sin dejar ningún margen de duda, que Paulo debía acompañarla. Sin despedirse ni mirar hacia atrás, salieron antes de que naciera el sol y pasaron dos días descendiendo por la ladera este de la cordillera, en un autobús repleto de gente, animales domésticos, comida y artesanías. Paulo aprovechó para comprar una bolsa de colores, que podía doblar y meter en su mochila. También decidió que jamás volvería a hacer viajes en autobús que duraran más de un día.

De Lima se fueron en autostop a Santiago de Chile; el mundo era seguro, los autos paraban aunque tuvieran cierto miedo de la pareja por la forma en que estaba vestida. Ahí, después de una noche bien dormida, pidieron a alguien que dibujara un mapa que les mostrara cómo cruzar la cordillera de regreso, a través de un túnel que unía al país con Argentina. Seguirían en dirección a Brasil, de nuevo de autostop, porque la novia decía que el dinero que todavía tenía podía ser necesario para atender alguna emergencia médica; ella siempre prudente, siempre mayor, siempre con su práctica educación comunista que nunca la dejaba relajarse por completo.

Ya en Brasil, en el estado donde la mayoría que saca pasaportes es rubia y de ojos azules, decidieron parar otra vez, por sugerencia de la novia.

—Vamos a conocer Vila Velha. Dicen que es un lugar fantástico.

No vieron la pesadilla.

No presintieron el infierno.

No se prepararon para lo que los estaba esperando.

Habían pasado por varios lugares fantásticos, únicos, con algo que decía que terminarían siendo destruidos por hordas de turistas que solo pensaban en comprar y en comparar las delicias de su propia casa. Pero la manera en que la novia habló no dejaba margen de duda; no había punto de interrogación al final de la frase: era apenas una forma de hablar.

Vamos a conocer Vila Velha, claro. Es un lugar fantástico. Un sitio geológico con impresionantes esculturas naturales, esculpidas por el viento, que la prefectura de la ciudad más próxima intentaba promover a toda costa, gastando una fortuna. Todos sabían que Vila Velha existía, pero algunos más despistados iban a una playa en un estado cercano a Río de Janeiro, y otros pensaban que era muy interesante, pero muy lejos para ir al lugar donde estaba situada.

Paulo y su novia eran los únicos visitantes del lugar, y quedaron impresionados con la forma en que la naturaleza lograba crear cálices, tortugas, camellos; mejor dicho, con cómo somos capaces de ponerle nombre a todo, aunque el camello en realidad parecía una granada para la novia y una naranja para él. En fin, al contrario de lo que vieron en Tiahuanaco, las esculturas en arenisca estaban abiertas a todo tipo de interpretaciones.

De ahí hicieron autostop hasta la ciudad más cercana. La novia, sabiendo que faltaba poco tiempo para llegar a casa, decidió —realmente era ella la que decidía todo— que aquella noche, por primera vez en muchas semanas, ¡dormirían en un buen hotel y comerían carne para cenar! Carne, una de las tradiciones de esa región de Brasil, algo que no probaban desde que salieran de La Paz y que el precio siempre les parecía exorbitante.

Reservaron en un hotel de verdad, tomaron una ducha, hicieron el amor y bajaron a la portería con la intención de saber dónde quedaba algún buen restaurante en el que pudieran comer cuanto quisieran, sistema conocido como bufé libre con carne a la brasa.

Mientras esperaban a que el portero apareciera, dos hombres se aproximaron y les pidieron, sin educación alguna, que los acompañaran fuera del hotel. Ambos tenían las manos en los bolsillos, como si estuvieran sujetando un arma, y querían dejar eso muy en claro.

—Cálmense —dijo la novia, convencida de que los estaban asaltando—. Allá arriba tengo un anillo de brillantes.

Pero ya los habían sujetado por los brazos y los empujaron hacia el exterior, donde fueron separados inmediatamente uno del otro. En la calle desierta había dos autos sin placas y otros dos hombres, uno de los cuales apuntaba a la pareja con un arma.

—No se muevan, no hagan ningún movimiento sospechoso. Vamos a revisarlos.

Y comenzaron, de manera brusca, a tocar sus cuerpos. La novia todavía intentó decir algo mientras él entraba en una especie de trance, de pavor absoluto. Todo lo que podía hacer era mirar hacia un lado para ver si alguien que estuviera viendo aquello terminaba por llamar a la policía.

—Cierra la boca, puta —dijo uno de ellos.

Les arrancaron las bolsas que llevaban en la cintura con sus pasaportes y el dinero, y cada uno fue subido en el asiento trasero de uno de los dos autos estacionados. Paulo ni siquiera tuvo tiempo de ver lo que sucedía con su novia, y ella tampoco sabía qué estaba ocurriendo con él.

Ahí estaba otro hombre.

—Ponte esto —le dijo a Paulo, extendiéndole una capucha—. Y acuéstate en el suelo del auto.

Paulo hizo exactamente lo que le ordenaron. Su cerebro ya no reaccionaba más. El auto arrancó a toda velocidad. A él le habría gustado haber dicho que su familia tenía dinero, que pagaría cualquier rescate, pero las palabras no salían de su boca.

La velocidad del tren comenzó a disminuir, lo que tal vez significaba que estaban llegando a la frontera con Holanda.

—¿Todo bien con vos? —preguntó el argentino.

Paulo hizo una señal afirmativa con la cabeza, buscando algún tema para conversar y así exorcizar aquellos pensamientos. Ya hacía más de un año que había estado en Vila Velha, y la mayoría de las veces lograba controlar los demonios en su cabeza, pero siempre que la palabra POLICÍA entraba en su línea de visión, aunque fuera un simple guardia aduanero, el pánico volvía de nuevo. Solo que esta vez el pánico venía acompañado por toda una historia, que ya había contado a algunos amigos, pero siempre manteniendo la distancia, como un observador de sí mismo. Sin embargo, esa vez —y por primera vez— se estaba contando la historia a sí mismo.

—Si nos detienen en la frontera, no hay problema. Vamos a Bélgica y entramos por otro lugar —continuó diciendo el argentino.

No quería conversar más con el sujeto; la paranoia había vuelto. ¿Y si realmente estuviera traficando drogas pesadas? ¿Y si llegaban a la conclusión de que era su cómplice y decidían tirarlo en alguna prisión hasta que pudiera probar su inocencia?

El tren se detuvo. Todavía no era la aduana, sino una pequeña estación en medio de la nada, donde entraron dos personas y salieron cinco. El argentino, viendo que Paulo no estaba muy dispuesto a conversar, decidió dejarlo con sus pensamientos, pero estaba preocupado; su rostro había cambiado por completo. Solo preguntó otra vez:

—Entonces, todo está bien con vos, ¿verdad?

—Estoy haciendo un exorcismo.

Él entendió y no dijo más.

Paulo sabía que ahí, en Europa, esas cosas no pasaban. O, mejor dicho, ya habían sucedido en el pasado. Y él siempre se preguntaba cómo las personas, caminando hacia las cámaras de gas en los campos de concentración, o alineadas ante una fosa común después de ver la línea anterior ser ejecutada por el pelotón de fusilamiento, no esbozaban ningún gesto, no intentaban huir, no atacaban a los ejecutores.

Es simple: el pánico era tan grande que ya no les importaba. El cerebro bloquea todo; no hay terror ni miedo, solo una extraña sumisión a lo que está ocurriendo. Las emociones desaparecen para dar lugar a una especie de limbo, donde todo ocurre en una zona hasta hoy no explicada por los científicos. Los médicos colocan una etiqueta: "ESQUIZOFRENIA TEMPORAL CAUSADA POR ESTRÉS", y jamás se preocupan por examinar exactamente cuáles son las consecuencias del *flat affect*, como lo llaman.

Y, tal vez para expurgar por completo los fantasmas del pasado, revivió la historia hasta el final.

El hombre en el asiento de atrás parecía más humano que los que los abordaron en el hotel.

—No te preocupes, no te vamos a matar. Acuéstate en el suelo del auto.

Paulo no estaba preocupado; su cabeza ya no funcionaba. Parecía que había entrado en una realidad paralela, su cerebro se negaba a aceptar lo que estaba sucediendo. Lo único que hizo fue preguntar:

—¿Puedo agarrarme de su pierna?

—Claro —respondió él.

Paulo lo agarró con fuerza, tal vez con más fuerza de la que imaginaba. Quizá lo estaba lastimando, pero él no reaccionó; dejó que Paulo continuara. Él sabía lo que Paulo estaba sintiendo y no debía estar nada contento de tener a un muchacho joven, lleno de vida, pasando por aquella experiencia. Pero obedecía órdenes.

El auto avanzó durante un tiempo indeterminado y, mientras más andaba, más se convencía Paulo de que lo estaban llevando a la ejecución. Ya podía entender un poco lo que estaba pasando: había sido capturado por paramilitares y estaba oficialmente desaparecido. ¿Pero qué importaba eso ahora?

El auto se detuvo. Paulo fue jalado con brutalidad y empujado por lo que parecía una especie de corredor. De repente, su pie tropezó con algo en el suelo, una especie de viga.

—Por favor, más despacio —pidió.

Y fue ahí cuando se llevó el primer golpe en la cabeza.

—¡Cierra la boca, terrorista!

Cayó al suelo. Le exigieron que se levantara y que se quitara la ropa por completo, teniendo mucho cuidado de que la capucha no se le cayera. Hizo lo que le ordenaron. Inmediatamente comenzaron a golpearlo y, como no sabía de dónde venían los golpes, el cuerpo no podía prepararse y los músculos no lograban contraerse, de modo que el dolor era más intenso de lo que jamás había experimentado en cualquiera de las peleas en las que participó durante la juventud. Cayó al suelo de nuevo; los golpes fueron sustituidos por patadas. La golpiza duró unos diez o quince minutos, hasta que una voz les ordenó que se detuvieran.

Estaba consciente, pero no sabía si le habían roto algo, porque no podía moverse de tanto dolor. Incluso así, la voz que ordenó el final de la primera tortura le pidió que se pusiera de nuevo de pie. Y comenzó a hacerle una serie de preguntas sobre la guerrilla, los compañeros, lo que había ido a hacer a Bolivia, si estaba en contacto con los compañeros del Che Guevara, dónde estaban escondidas las armas, amenazando con arrancarle un ojo una vez que estuvieran seguros de que estaba implicado. Otra voz, la del que hacía de "policía bueno", le dijo lo contrario. Que era mejor que confesara el asalto que habían perpetrado en un banco de la región, así todo quedaría aclarado y Paulo iría a prisión por sus crímenes, pero ya no lo golpearían más.

Fue en ese momento, mientras se levantaba con mucha dificultad, que comenzó a salir del estado letárgico en que se encontraba y volvió a tener algo que siempre juzgó parte de las cualidades del ser humano: el instinto de supervivencia. Tenía que salir de aquella situación. Debía decir que era inocente.

Le pidieron que contara todo lo que había hecho la semana pasada. Paulo se los relató con detalles, aunque estaba consciente de que ellos jamás habían oído hablar de Machu Picchu.

—No pierdas el tiempo tratando de engañarnos —dijo el que hacía de "policía malo"—. Encontramos el mapa en tu cuarto de hotel. Tú y la rubia fueron vistos en el lugar del asalto.

¿Mapa?

Por una rendija de la capucha vio el dibujo que alguien había hecho en Chile, indicando dónde estaba el túnel que atraviesa la cordillera de los Andes.

—Los comunistas creen que van a ganar las próximas elecciones, que Allende usará el oro de Moscú para corromper a toda América Latina, pero están muy equivocados.

¿Cuál es tu posición en la alianza que están formando? ¿Y cuáles son tus contactos en Brasil?

Paulo imploraba, juraba que nada de eso era verdad, que solo era una persona que quería viajar y conocer el mundo, al mismo tiempo que preguntaba qué estaban haciendo con su novia.

—¿La que fue enviada de un país comunista, Yugoslavia, para acabar con la democracia en Brasil? Está recibiendo el tratamiento que merece —fue la respuesta del "policía malo".

El terror amenazó con volver, pero necesitaba autocontrol. Necesitaba saber cómo salir de aquella pesadilla. Necesitaba despertar.

Alguien colocó una caja con cables y una manivela entre sus pies. Otro comentó que lo llamaban "el teléfono": bastaba conectar las terminales metálicas al cuerpo y girar la manivela para que Paulo se llevara una descarga eléctrica que "no había macho que resistiera".

Y de repente, viendo aquella máquina, se le ocurrió la única salida que tenía. Dejó de lado la sumisión y levantó la voz:

—¿Creen que tengo miedo a las descargas? ¿Creen que tengo miedo al dolor? Pues no se preocupen, yo me voy a torturar a mí mismo. Estuve internado un manicomio no una, no dos, sino tres veces; ya me dieron muchos toques eléctricos, de modo que puedo hacer el trabajo por ustedes. Ustedes deben saber eso, imagino que saben todo de mi vida.

Y, diciendo eso, comenzó a arañar su cuerpo, a derramar sangre y a arrancarse piel, mientras gritaba que ellos lo sabían todo, que podían matarlo, que a él no le importaba, que creía en la reencarnación y que vendría a buscarlos. A ellos y a sus familias, en cuanto llegara al otro lado.

Alguien se acercó y sujetó sus manos. Todos parecían asustados con lo que estaba haciendo, aunque nadie hubiera dicho nada.

—Para con eso, Paulo —dijo el "policía bueno"—. ¿Puedes explicarme el mapa?

Paulo hablaba con la voz de quien estaba teniendo un arrebato de locura. Explicó a gritos lo que había ocurrido en Santiago, que necesitaban orientación para llegar al túnel que unía Chile con Argentina.

—¿Y mi novia? ¿Dónde está mi novia?

Gritaba cada vez más alto, con la esperanza de que ella pudiera escucharlo. El "policía bueno" trataba de calmarlo; por lo visto, al principio de los años de plomo la represión todavía no se había brutalizado lo suficiente.

Le pidió que dejara de temer, que si era inocente no había de qué preocuparse, pero que ellos tenían que averiguar todo lo que él había dicho, así que tendría que permanecer ahí todavía algún tiempo. No dijo cuánto tiempo, pero le ofreció un cigarrillo. Paulo notó que las personas salían de la sala; ya no estaban tan interesadas en él.

—Espera a que yo salga y escuches que toque la puerta. Entonces puedes quitarte la capucha. Cada vez que alguien venga tocará la puerta y tú volverás a ponértela. Serás liberado en cuanto tengamos toda la información necesaria.

—¿Y mi novia? —repetía a gritos.

No merecía esto. Por mal hijo que hubiera sido, por más dolores de cabeza que les hubiera dado a sus padres, no merecía esto. Era inocente; aunque, si en ese momento hubiera tenido un arma en la mano, habría sido capaz de dispararles a todos. No hay sensación más horrorosa que ser castigado por algo que nunca hiciste.

—No te preocupes. No somos monstruos violadores. Solo queremos acabar con quienes intentan acabar con el país.

El hombre salió, tocó la puerta y Paulo se quitó la capucha. Estaba en una sala a prueba de sonido; de ahí el travesaño con el que tropezó cuando entró. Había un gran vidrio opaco en el lado derecho, que debía servir para monitorear a quien estaba preso ahí. Había dos o tres agujeros de bala en la pared; uno de ellos parecía tener un cabello que sobresalía. Pero debía fingir que no estaba interesado en nada de eso. Miró su cuerpo, las cicatrices con la sangre que él mismo había derramado, palpó cada parte y se cercioró de que no le hubieran roto nada; eran maestros en no dejar marcas permanentes, y tal vez su reacción los había asustado justamente por eso.

Imaginó que el próximo paso sería entrar en contacto con Río de Janeiro y confirmar la historia de los internamientos, de los choques eléctricos, de los pasos de él y de su novia, cuyo pasaporte extranjero tal vez la protegiera o la condenara, porque venía de un país comunista.

Si estaba mintiendo, sería torturado sin parar por muchos días. Si decía la verdad, tal vez llegarían a la conclusión de que era un *hippie* drogadicto, hijo de familia rica, y lo dejarían salir.

No estaba mintiendo y rogaba que lo descubrieran pronto.

No sabía cuánto tiempo había pasado ahí; no había ventanas, la luz estaba encendida todo el tiempo y el único rostro que pudo ver fue el del fotógrafo del centro de tortura. ¿Cuartel? ¿Delegación? Le ordenó que se quitara la capucha, puso la cámara delante de su cara para no mostrar que estaba desnudo, le pidió que se volteara de perfil, sacó otra foto y salió sin intercambiar ninguna palabra con él.

Ni siquiera los golpes en la puerta obedecían a alguna regla que le permitiera determinar una rutina; a veces el desayuno era seguido por el almuerzo con apenas un pequeño intervalo, y la cena tardaba muchísimo. Cuando tenía que ir al baño, tocaba la puerta con la capucha puesta hasta que, probablemente a través del vidrio opaco, ellos deducían qué quería. A veces intentaba conversar con el sujeto que lo llevaba al baño, pero no había respuesta de su parte. Solo silencio.

Dormía la mayor parte del tiempo. Cierto día (¿o noche?) comenzó a intentar usar su experiencia para meditar o concentrarse en algo superior; recordó que San Juan de la Cruz hablaba de la noche oscura del alma; recordó que los monjes permanecen años en cavernas en el desierto o en las montañas del Himalaya. Podría seguir el ejemplo, usar lo que estaba ocurriendo para tratar de transformarse en una persona mejor. Deducía que el portero del hotel —él y su novia debían ser los únicos huéspedes— los había denunciado; en ciertas horas quería volver allá y matarlo en cuanto lo soltaran y, en otras, pensaba que la mejor manera de servir a Dios era perdonarlo desde el fondo del corazón porque no sabía lo que estaba haciendo.

Pero el perdón es un arte muy difícil. Él buscaba un contacto con el universo en todos los viajes que había hecho; sin embargo, eso no incluía, por lo menos en ese momento de su vida, soportar a los que se reían de los cabellos largos. Preguntaban en medio de la calle cuánto tiempo hacía que no se bañaba, decían que las ropas de colores demostraban que no estaba convencido de su sexualidad, preguntaban cuántos hombres habían estado en su cama, decían que dejara de vagabundear, que dejara la droga y buscara un trabajo decente, que colaborara para que el país saliera de la crisis.

El odio ante la injusticia, el deseo de venganza y la ausencia de perdón no permitían que se concentrara lo suficiente, y la meditación era interrumpida por pensamientos sórdidos y, en su opinión, justificados. ¿Habrían avisado a su familia?

Sus padres no sabían cuándo pretendía regresar, por lo tanto no debía extrañarles su ausencia prolongada. Ambos siempre le echaban la culpa al hecho de que tuviera una novia once años mayor, que intentaba utilizarlo para sus deseos inconfesables, para romper la rutina de la socialista frustrada, extranjera en el país equivocado, manipuladora de muchachos que necesitaban una madre postiza y no una compañera, como todos sus amigos, como todos sus enemigos, como todo el resto del mundo que seguía adelante sin causar problemas a nadie, sin obligar a la familia a dar explicaciones por ser vista como aquellos que no habían podido educar bien a sus hijos. La hermana de Paulo estudiaba ingeniería química y destacaba como una de las alumnas más brillantes, pero ella no era motivo de orgullo; sus padres estaban mucho más preocupados por colocarlo a él en el mundo de ellos.

En fin, después de un tiempo, cuya duración era imposible calcular, Paulo comenzó a creer que merecía exactamente lo que estaba sucediendo. Algunos de sus amigos habían entrado a la lucha armada y sabían lo que les esperaba, él sólo había pagado las consecuencias; aquello debía ser un castigo de los cielos, no de los hombres. Por las muchas tristezas que causó, merecía estar desnudo, en el suelo de una celda con tres agujeros de bala (los había contado), mirando dentro de sí y sin encontrar fuerza alguna, ni consuelo espiritual, ni voz que le hablara como había sucedido en la Puerta del Sol.

Y lo único que hacía era dormir; siempre pensando que despertaría de una pesadilla y siempre despertando en el mismo lugar, en el mismo suelo. Siempre creyendo que lo peor había pasado y siempre despertando bañado en sudor, con miedo, cada vez que escuchaba el golpeteo en la puerta; tal vez no habían encontrado nada de lo que él les dijera y la tortura volvería con más violencia.

Alguien tocó la puerta; Paulo había terminado de cenar, pero sabía que ellos podrían servirle el desayuno y así desorientarlo todavía más. Se puso la capucha, escuchó que la puerta se abría y que alguien arrojaba cosas en el suelo.

—Vístete. Con cuidado, para no mover la capucha.

Era la voz del "policía bueno", o del "torturador bueno", como prefería llamarlo en sus pensamientos. Permaneció ahí mientras Paulo se vestía y se calzaba los zapatos. Cuando terminó, el hombre lo agarró por el brazo, le pidió que tuviera cuidado con el travesaño inferior de la puerta (por donde había pasado muchas veces cuando iba al baño, pero tal vez el otro sintió la necesidad de decir algo amable) y le recordó que las únicas cicatrices que tenía se las había causado él mismo.

Caminaron unos tres minutos y otra voz habló:

—La Variant aguarda en el patio.

¿Variante? Más tarde se dio cuenta de que era una marca de auto, pero en ese momento imaginó que era un código secreto, algo como "EL PELOTÓN DE FUSILAMIENTO YA ESTÁ LISTO".

Fue conducido hasta el vehículo y, por debajo de la capucha, le dieron un papel y un bolígrafo. No pensaba leer; firmaría lo que quisieran. Una confesión que por lo menos terminara con ese aislamiento enloquecedor. Pero el "torturador bueno" explicó que era la lista de sus pertenencias que habían sido encontradas en el hotel. Las mochilas estaban en el portaequipaje.

¡Las mochilas! Lo habían dicho en plural. Pero él estaba tan confundido que no lo notó.

Hizo lo que le ordenaron. La puerta del otro lado se abrió. Paulo notó la ropa por un orificio de la capucha: ¡era ella! Le habían pedido lo mismo, que firmara un documento, pero ella se negó a hacerlo: necesitaba leer lo que estaba firmando. El tono de su voz demostraba que en ningún momento había entrado en pánico; tenía pleno control de sus emociones y el sujeto, obedientemente, aceptó que ella leyera. Cuando terminó, puso por fin su firma y luego su mano tocó la de Paulo.

—No pueden tener contacto físico —dijo el "torturador bueno".

Ella lo ignoró y, por un momento, Paulo pensó que ambos serían llevados de nuevo hacia adentro y castigados por no obedecer las órdenes. Intentó soltar su mano, pero ella lo agarró con más fuerza y no lo dejó.

El "torturador bueno" simplemente cerró la puerta y ordenó que el auto partiera. Paulo le preguntó a su novia si estaba bien y la respuesta fue un discurso contra todo lo que había sucedido. Alguien se rio en el asiento delantero y él le pidió a ella que POR FAVOR se callara; podrían conversar después o algún otro día, o en el lugar adonde estaban siendo llevados: tal vez una prisión de verdad.

—Nadie nos haría firmar un documento diciendo que nuestras cosas fueron devueltas si no tuviera la intención de soltarnos —respondió ella.

El sujeto en el asiento del frente se rio de nuevo. En realidad fueron dos carcajadas. El conductor no estaba solo.

—Siempre me dijeron que las mujeres son más valientes y más inteligentes que los hombres —comentó uno de ellos—. Lo hemos observado aquí con los prisioneros.

Esta vez quien pidió a su compañero que se callara fue el conductor. El auto circuló por un tiempo indeterminado, se detuvo, y el sujeto al lado del conductor les pidió que se quitaran las capuchas.

Era uno de los hombres que había arrestado a la pareja en el hotel, un descendiente de orientales, que esta vez estaba sonriendo. Salió del auto con ellos, fue al portaequipajes, sacó las mochilas y se las entregó, en lugar de arrojarlas al suelo.

—Pueden irse. Doblen a la izquierda en el próximo cruce, caminen unos veinte minutos y llegarán a la estación de autobuses.

Volvió al auto y arrancó sin prisa, como si no le importara mucho todo lo que había pasado; ésa era la nueva realidad del país, ellos estaban al mando y nadie tendría jamás a quién reclamarle.

Paulo miró a su novia, quien le devolvió la mirada. Se abrazaron y se besaron por largo tiempo y luego enfilaron hacia la estación de autobuses. Era peligroso quedarse en el mismo lugar, creía él. Ella parecía no haber cambiado nada, como si aquellos días —¿semanas, meses, años?— sólo hubieran sido una interrupción de un viaje de los sueños, y los recuerdos positivos prevalecieran y no pudieran ser opacados por lo que ocurrió. Él aceleraba el paso, evitando decir que la culpa era de ella, que no deberían ver esculturas hechas por el viento, que si hubieran seguido adelante nada de aquello habría sucedido, aunque la culpa no fuera de la novia, ni de Paulo, ni de nadie que conocieran.

Qué ridículo y débil estaba siendo. De pronto sintió un inmenso dolor de cabeza, tan fuerte que prácticamente no lo dejaba caminar, huir hacia su ciudad o volver a la Puerta del Sol y preguntar a los antiguos y olvidados habitantes del lugar qué era lo que había pasado. Se apoyó en un muro y dejó que la mochila se escurriera al suelo.

—¿Sabes lo que te está pasando? —preguntó la novia, y ella misma respondió—: Sé la respuesta porque ya pasé por eso en los bombardeos en mi país. Durante todo ese tiempo, tu actividad cerebral disminuyó y la sangre no irrigó de la forma en que siempre irriga los vasos de todo el cuerpo. Pasará en dos o tres horas, pero compraremos unas aspirinas en la estación de autobuses.

Ella agarró su mochila, lo sostuvo y lo obligó a caminar, primero lentamente y después más rápido.

Ah, mujer, qué mujer. Qué pena que cuando él sugirió que fueran juntos a los dos centros del mundo —Piccadilly Circus y Dam— ella dijo que estaba cansada de viajar y que, para ser honesta, ya no lo amaba. Cada uno debía seguir su propio camino.

El tren se detuvo y la temida placa podía verse desde afuera, escrita en varios idiomas: ADUANA.

Algunos guardias entraron y comenzaron a recorrer los vagones. Paulo estaba más tranquilo, el exorcismo había terminado, pero una frase más de la Biblia, particularmente del Libro de Job, no salía de su mente: "Lo que más temía, me sucedió".

Tenía que controlarse: cualquier persona es capaz de oler el miedo.

Todo bien. Si, como dijo el argentino, lo peor que podía ocurrir era que no lo dejaran entrar, no había problema. Todavía había otras fronteras que podría cruzar. Y en caso de que no lo lograra, siempre estaba el otro centro del mundo, Piccadilly Circus.

Sentía una inmensa calma después de haber revivido el terror que padeció hacía un año y medio. Como si todo tuviera que ser encarado sin miedo, apenas como un hecho de la vida: nosotros no escogemos lo que nos ocurre, pero podemos escoger la manera en que reaccionamos a eso.

Y se daba cuenta de que, hasta ese momento, el cáncer de la injusticia, de la desesperación y de la impotencia había creado metástasis en su cuerpo astral, pero ahora estaba libre.

Comenzaba de nuevo.

Los guardias entraron en la cabina donde Paulo estaba con el argentino y otras cuatro personas completamente desconocidas. Como lo esperaba, ordenaron que los dos descendieran. Hacía un poco de frío afuera, aunque la noche no había caído por completo.

Pero la naturaleza tiene un ciclo que se repite en el alma del ser humano: la planta produce la flor para que las abejas vengan y puedan crear el fruto. El fruto produce semillas, que de nuevo se transforman en plantas, que otra vez hacen las flores que se abren, que llaman a las abejas, que fertilizan la planta y hacen que produzca frutos, y así hasta la eternidad. Bienvenido el otoño, el momento de dejar ir lo viejo, los terrores del pasado, y permitir que surja lo nuevo.

Algunos muchachos y algunas chicas fueron llevados dentro de la estación de aduana. Nadie decía nada y Paulo procuró quedarse lo más lejos posible del argentino, quien se dio cuenta de eso y no intentó imponer su presencia ni sus conversaciones. Tal vez en aquel momento entendió que estaba siendo juzgado, que el muchacho de Brasil debía tener algunas sospechas, pero había visto que su rostro se había cubierto de una sombra oscura y ahora estaba brillando de nuevo; tal vez "brillando" fuera una exageración, pero por lo menos la intensa tristeza de minutos antes había desaparecido.

Las personas eran llamadas individualmente a una sala, y nadie sabía lo que habían conversado allá adentro porque salían por otra puerta. Paulo fue el tercero en ser convocado.

Sentado detrás de una mesa había un guardia uniformado que le pidió su pasaporte y hojeó una gran carpeta llena de nombres.

—Uno de mis sueños es conocer… —intentó decir él, pero de inmediato fue advertido de que no interrumpiera el trabajo del guardia.

Su corazón comenzó a latir más rápido. Paulo luchaba contra sí mismo para creer que el otoño había llegado, que las hojas muertas comenzaban a caer, que un nuevo hombre surgía de lo que hasta entonces había sido un revoltijo de emociones.

Las vibraciones negativas atraían más vibraciones negativas, de modo que intentó calmarse, sobre todo después de notar que el guardia tenía un pendiente en la oreja, algo impensable en cualquier país que hubiera conocido. Procuró distraerse con la sala llena de documentos, una foto de la reina y un cartel que mostraba un molino de viento. El sujeto pronto apartó la lista y ni siquiera le preguntó qué venía a hacer a Holanda; sólo quería saber si tenía dinero para el pasaje de regreso a su tierra.

Paulo confirmó que sí; ya había aprendido que esa era la principal condición para viajar por cualquier país extranjero, y había comprado un carísimo boleto para Roma, el lugar por donde había llegado, aunque la fecha de retorno estuviera marcada para dentro de un año. Se llevó la mano a la bolsa que llevaba escondida en la cintura, listo para comprobar lo que había dicho, pero el guardia le dijo que no era necesario, que solo quería saber cuánto dinero tenía.

—Alrededor de mil seiscientos dólares, un poco más tal vez; no sé cuánto gasté en el tren.

Había desembarcado en Europa con mil setecientos dólares, que ganó como profesor de preingreso de la Escuela de Teatro a la que asistía. El boleto más barato era para Roma, adonde llegó, y supo por el "correo invisible" que ahí los *hippies* solían reunirse en la Plaza de España. Descubrió un lugar para dormir en un parque; vivía de sándwiches y helados, y podría haberse quedado en Roma, donde se encontró con una española de Galicia con quien hizo amistad de inmediato y poco después se hicieron novios. Finalmente compró el gran *best seller* de su generación, que con toda certeza haría toda la diferencia en su vida: *Europa en cinco dólares al día.* Durante los días que pasó en la Plaza de España notó que no solo los *hippies*, sino también la gente convencional, conocida como "cuadrados", usaba el libro que listaba los hoteles y restaurantes más baratos, además de los puntos turísticos más importantes en cada ciudad.

No se perdería cuando llegara a Ámsterdam. Decidió seguir en dirección a su primer destino (el segundo era

Piccadilly Circus, no se cansaba de recordarlo), cuando la española dijo que iría a Atenas, en Grecia.

De nuevo quiso mostrar el dinero, pero su pasaporte fue sellado y devuelto. El guardia preguntó si traía alguna fruta o vegetal; él llevaba consigo dos manzanas y el guardia le pidió que las tirara en un cesto de basura fuera de la estación una vez que saliera.

—¿Y cómo hago ahora para llegar a Ámsterdam?

Le informaron que debía tomar un tren local que pasaba por ahí cada media hora; el boleto que había comprado en Roma era válido hasta su destino final.

El guardia señaló una puerta diferente de aquella por la que había entrado, y Paulo se vio de nuevo al aire libre, esperando el próximo tren, sorprendido y contento porque habían creído en su palabra sobre el boleto y la cantidad de dinero que portaba.

Realmente estaba entrando a otro mundo.

Karla no perdió toda la tarde sentada en Dam, sobre todo porque había comenzado a llover y la vidente le garantizó que la persona que esperaba llegaría al día siguiente. Decidió ir al cine a ver *2001: Una odisea en el espacio*, que según muchos era una obra maestra, aunque no estuviera muy interesada en películas de ciencia ficción.

Pero realmente era una obra maestra: la había ayudado a matar el tiempo de espera y el final mostraba lo que creía saber. Y no se trataba de juzgar o no juzgar, era una realidad absoluta e incontestable: el tiempo es circular y vuelve siempre al mismo punto. Nacemos de una semilla, crecemos, envejecemos, morimos, volvemos a la tierra y nos convertimos de nuevo en una semilla que, tarde o temprano, volverá a reencarnar en otra persona. Aunque de familia luterana, había flirteado cierto tiempo con el catolicismo y en uno de los momentos de la misa a la que acudía recitaba todas las declaraciones de la fe. Ahí estaba la línea que más le gustaba: "Creo [...] en la resurrección de la carne y en la vida eterna. Amén".

La resurrección de la carne... Alguna vez había tratado de conversar con un padre sobre ese pasaje, preguntándole sobre la reencarnación, pero el sacerdote dijo que no se trataba de eso. Preguntó de qué se trataba. La respuesta —completamente idiota— fue que ella todavía no tenía la madurez para entender. En ese momento, Karla comenzó a apartarse poco a poco del catolicismo porque notó que el padre tampoco sabía de qué se trataba esa frase.

"Amén", repetía ahora mientras volvía al hotel. Mantenía sus oídos atentos a cualquier cosa, por si Dios decidía conversar con ella. Después de apartarse de la Iglesia resolvió buscar en el hinduismo, en el taoísmo, en el budismo, en los cultos africanos, en los diversos tipos de yoga, algún tipo de respuesta sobre el significado de la vida. Hace muchos siglos un poeta dijo: "Su luz llena todo el Universo/La lámpara del amor quema y salva el Conocimiento".

Dado que el amor era una cosa complicada en su vida, tan complicada que siempre evitaba pensar sobre el tema, concluyó que el conocimiento estaba dentro de ella misma, como de hecho pregonaban los fundadores de esas religiones. Y ahora todo lo que veía le recordaba a la Divinidad y buscaba que cada gesto suyo fuera una manera de agradecer el hecho de estar viva.

Con eso bastaba. El peor de los asesinatos es el que termina matando nuestra alegría de vivir.

Pasó por una *coffee shop*, lugar donde se vendían diversos tipos de marihuana y hachís, pero lo único que hizo fue tomar un café y platicar un poco con una chica, también holandesa, que parecía desubicada y que también bebía café. Wilma era su nombre. Decidieron que irían al Paraíso, pero luego cambiaron de idea, tal vez porque eso ya no era una novedad para nadie, como tampoco lo eran las drogas que vendían ahí. Buenas para los turistas, pero aburridas para quienes siempre las tuvieron al alcance de la mano.

Un día —un día en un futuro lejanísimo— los gobiernos llegarían a la conclusión de que la mejor forma de acabar con lo que llamaban el "problema" sería liberar todo. Gran parte de la mística del hachís estaba en el hecho de que era prohibido, y por eso era codiciado.

—Pero eso no le interesa a nadie —comentó Wilma, cuando Karla le dijo lo que estaba pensando—. Ganan billones de dólares con la represión. Se creen superiores. Salvadores de la sociedad y de la familia. Excelente plataforma política, acabar con las drogas. ¿Qué otra idea tendrían para usar en su lugar? Sí, acabar con la pobreza, sólo que ya nadie creía en eso.

Dejaron de conversar y se quedaron mirando sus tazas. Karla pensaba en la película, en *El señor de los anillos* y en su vida. Nunca había experimentado realmente nada interesante. Nació en una familia puritana, estudió en un colegio luterano, conocía la Biblia de memoria, perdió la virginidad cuando todavía era adolescente con un holandés que también era virgen, viajó algún tiempo por Europa, consiguió un empleo cuando cumplió veinte años (ahora tenía veintitrés), los días parecían largos y repetitivos, se volvió católica solo para contradecir a su familia, decidió irse de casa y vivir sola, tuvo una serie de novios que entraban y salían de su vida y de su cuerpo con una frecuencia que variaba entre dos días y dos meses, creyó que la culpa de todo aquello era de Rotterdam y sus grúas, sus calles grises y su puerto, que traía historias mucho más interesantes de las que estaba acostumbrada a escuchar de sus amigos.

Se llevaba mejor con los extranjeros. La única vez que se quebró su rutina de libertad absoluta fue cuando decidió enamorarse perdidamente de un francés diez años mayor que ella y se convenció a sí misma de que lograría hacer que aquel amor arrebatador fuera mutuo, aunque supiera muy bien que el francés solo estaba interesado en el sexo, dominio en el que ella era magnífica y procuraba perfeccionarse cada vez más. Una semana después, despidió al francés en París y llegó a la conclusión de que no lograba descubrir verdaderamente la función del amor en su vida, y eso era una enfermedad, porque todas las personas que conocía tarde o temprano terminaban comentando la importancia de casarse, tener hijos, cocinar, contar con una compañía para ver la televisión, ir al teatro, viajar por el mundo, traer pequeñas sorpresas al regresar a casa, embarazarse, cuidar a los hijos, fingir que no veían las pequeñas traiciones del marido o de la mujer, decir que los hijos eran la única razón de sus vidas, preocuparse por lo que cenarían, por lo que serían en el futuro, por cómo les estaba yendo en el colegio, en el trabajo, en la vida.

Así prolongaban por algunos años más la sensación de

sentirse útiles en esta tierra, hasta que tarde o temprano todos se marchaban, la casa se quedaba vacía y lo único que realmente importaba era el almuerzo de los domingos, la familia reunida, siempre fingiendo que todo estaba bien, siempre simulando que no había celos ni competencia entre ellos mientras se lanzaban cuchillos invisibles porque yo gano más que tú, mi mujer tiene una formación en arquitectura, acabamos de comprar una casa que ustedes no se pueden imaginar y cosas de ese tipo.

Dos años antes había deducido que no tenía sentido seguir viviendo la libertad absoluta. Comenzó a pensar en la muerte, coqueteó con la idea de entrar a un convento, incluso llegó a ir adonde vivían las carmelitas descalzas, sin mantener absolutamente ningún contacto con el mundo. Dijo que había sido bautizada, que había descubierto a Cristo y que quería ser su novia el resto de su vida. La madre superiora le pidió que reflexionara por un mes antes de tomar una decisión, y durante ese mes tuvo tiempo de imaginarse en una celda, obligada a rezar de la mañana a la noche y a repetir las mismas palabras hasta que perdieran su significado. Entonces descubrió que era incapaz de llevar una vida en que la rutina sería capaz de llevarla a la locura. La madre superiora tenía razón: nunca más volvió por allá; por mala que fuera la rutina de la libertad absoluta, siempre podría descubrir cosas más interesantes que hacer.

Un marinero de Bombay, además de ser un excelente amante —cosa que rara vez podía encontrar—, le ayudó a descubrir el misticismo oriental, y en ese momento comenzó a considerar que el destino final de su existencia era irse muy lejos, vivir en una caverna en los Himalayas, creer que los dioses vendrían a conversar con ella tarde o temprano, apartarse de todo aquello que ahora la cercaba y que parecía aburrido, aburridísimo.

Sin entrar en muchos detalles, le preguntó a Wilma qué pensaba de Ámsterdam.

—Aburrido. Aburridísimo.

Y así era. No solo Ámsterdam, sino toda Holanda, donde la gente ya nacía protegida por el gobierno, sin asustarse jamás por una vejez desamparada porque existían asilos y pensiones vitalicias, seguro médico gratuito, o por un precio ínfimo, y los reyes más recientes en realidad eran reinas: la reina madre Guillermina, la reina actual, Juliana, y la futura heredera al trono, Beatriz. Mientras que en Estados Unidos las mujeres estaban quemando sus sostenes y pidiendo igualdad, Karla —que no usaba sostén, aunque sus senos no fueran precisamente pequeños— vivía en un lugar donde esa igualdad ya había sido conquistada hacía mucho, sin ruido, sin exhibicionismo, siguiendo la lógica ancestral de que el poder es de las mujeres: son ellas quienes gobiernan a sus maridos y a sus hijos, a sus reyes y a sus presidentes, que a su vez tratan de dar a todos la impresión de que son excelentes generales, jefes de Estado, dueños de empresas…

Hombres. Creen que dominan al mundo y no logran dar

un paso sin preguntar durante la noche lo que piensa su compañera, amante, novia, madre.

Tenía que dar un paso radical, descubrir un país interior o exterior que nunca hubiera sido explorado antes, y salir de aquel tedio que parecía drenar sus fuerzas cada día.

Esperaba que la cartomántica tuviera razón. Si la persona que había prometido no llegaba al día siguiente, se iría a Nepal, sola, corriendo el riesgo de ser convertida en una "esclava blanca" y terminar vendida a un gordo sultán de un país donde los harenes estaban a la orden del día, aunque dudaba que alguien tuviera el valor de hacer eso con una holandesa que sabía defenderse mejor que un hombre de ojos amenazantes con un sable afilado en las manos.

Se despidió de Wilma, quedaron en encontrarse en el Paraíso al día siguiente y se dirigió al dormitorio donde pasaba sus monótonos días en Ámsterdam, la ciudad de los sueños de tanta gente que cruzaba el mundo para llegar ahí. Caminó por las calles pequeñas, sin aceras, los oídos siempre atentos por si escuchaba alguna señal; no sabía qué esperar, pero las señales son así, sorprendentes y disfrazadas de cosas rutinarias. Una fina lluvia en su rostro la trajo de vuelta a la realidad, pero no a la realidad de su alrededor, sino al hecho de estar viva, caminando con total seguridad por rincones oscuros, cruzando el camino de traficantes venidos de Surinam que operaban en las sombras; esos sí eran un verdadero peligro para sus clientes, porque ofrecían las drogas del Diablo: cocaína y heroína.

Pasó por una plaza; parecía que, al contrario de Rotterdam, aquella ciudad tenía una plaza en cada esquina. La lluvia aumentó de intensidad y ella agradeció el hecho de poder sonreír a pesar de todo lo que había pensado en el *coffee shop*.

Caminaba mientras rezaba en silencio, sin palabras luteranas ni católicas, agradecida por la vida de la que horas antes se estaba quejando, adorando los cielos y la tierra, los árboles y los animales, cuya simple visión hacía que las contradicciones de su alma se resolvieran y una profunda paz lo envolviera todo. No era aquella la paz de la ausencia de desafíos sino la que la preparaba para una aventura que estaba decidida a vivir, independientemente de hallar compañía o no, con la certeza de que los ángeles la acompañaban y entonaban canciones que no podía escuchar, pero que la hacían vibrar, limpiando su cerebro de pensamientos impuros, y entrar en contacto con su alma y decirse a sí misma "te amo", aunque todavía no hubiera conocido el Amor.

No me siento culpable por lo que estaba pensando antes; tal vez haya sido la película, tal vez el libro, pero aunque haya sido solo yo y mi incapacidad de ver la belleza que existe dentro de mí, pido que me disculpes, yo te amo, y agradezco que me acompañes, tú que me bendices con tu compañía y me libras de la tentación de los placeres y del miedo al dolor.

Para variar, comenzó a sentirse culpable de ser quien era, viviendo en un país con la mayor concentración de museos del mundo, atravesando en aquel momento uno de los mil doscientos ochenta y un puentes de la ciudad, mirando las casas de solo tres ventanas horizontales —eso era considerado como ostentación e intento de humillar al vecino—, orgullosa por las leyes que gobernaban a su pueblo, que había sido de navegantes en el pasado, aunque solo recordaran a los españoles y a los portugueses.

Solo hicieron un mal negocio en la vida: vender la isla de Manhattan a los estadounidenses. Pero nadie es perfecto.

El vigilante nocturno le abrió la puerta del dormitorio; ella entró, procurando hacer el menor ruido, cerró los ojos y, antes de dormir, pensó en la única cosa que su país no tenía: montañas.

Sí, ella iría a las montañas, lejos de aquellas inmensas planicies conquistadas al mar por hombres que sabían lo que querían y que consiguieron domar a una naturaleza que se negaba a ser subyugada.

Decidió despertar más temprano que de costumbre; a las once de la mañana ya estaba vestida y lista para salir, aunque su horario normal era la una de la tarde. Según la cartomántica, ese era el día en que encontraría a quien estaba esperando, y la vidente no podía estar equivocada, pues ambas habían entrado en un trance misterioso, más allá del control de ambas, como ocurre en la mayoría de los trances, por cierto. Layla dijo algo que no había salido de su boca, sino de un alma más grande que ocupaba todo el ambiente de su "consultorio".

Todavía no había mucha gente en Dam, el movimiento comenzaba después del mediodía. Karla notó —¡finalmente!— una cara nueva. Cabellos iguales a los de todo el mundo ahí, chaqueta sin muchos parches (lo más prominente era una bandera con la inscripción "BRASIL" en la parte superior), un colorido morral de un tejido hecho en América del Sur, que en aquella época constituía la moda entre los jóvenes que recorrían el mundo, así como los ponchos y los gorros que cubrían las orejas. Fumaba un cigarrillo común y corriente, porque ella pasó cerca de donde estaba sentado y no percibió ningún olor especial además del tabaco.

Estaba ocupadísimo en no hacer nada, contemplando el edificio al otro lado de la plaza y a los *hippies* a su alrededor. Seguramente quería entablar conversación con alguien, pero sus ojos denunciaban timidez; mejor dicho, exceso de timidez.

Se sentó a una distancia segura, con el propósito de vigilarlo y no dejar que se marchara sin antes intentar sugerir el viaje a Nepal. Si ya había pasado por Brasil y por América del Sur, como indicaba el morral, ¿por qué no estaría interesado en ir más lejos? Debía tener más o menos su edad, poca experiencia, y no sería difícil convencerlo. No importaba que fuera feo o guapo, gordo o flaco, alto o bajo. Lo único que le interesaba era conseguir compañía para su aventura particular.

Paulo también había notado a la bella *hippie* que pasó cerca de donde estaba sentado, y si no hubiera sido por su timidez paralizante tal vez se habría atrevido a sonreírle. Pero no tuvo el valor de hacerlo; ella parecía distante, quizá esperaba a alguien o tal vez solo quería contemplar la mañana sin sol, pero sin amenaza de lluvia.

Volvió a concentrarse en el edificio de enfrente, una verdadera maravilla arquitectónica que *Europa en cinco dólares al día* describía como un palacio real, construido sobre trece mil seiscientas cincuenta y nueve estacas (aunque, según el guía, toda la ciudad estaba construida sobre estacas, aunque nadie lo percibiera). No había guardias en la puerta y los turistas entraban y salían, multitudes de ellos, filas inmensas, el tipo de lugar que jamás visitaría mientras estuviera ahí.

Siempre percibimos cuando alguien nos está mirando. Paulo sabía que la bella *hippie* ahora estaba sentada fuera de su campo de visión, con los ojos fijos en él. Volteó la cabeza y, efectivamente, Karla estaba ahí, pero fingió leer su libro en cuanto ambos pares de ojos se cruzaron.

¿Qué hacer? Se quedó casi media hora pensando que debía levantarse e ir a sentarse a su lado. Era lo que se esperaba en Ámsterdam, donde las personas conocen a otras sin necesidad de ofrecer disculpas ni explicaciones, solo por conversar e intercambiar experiencias. Al cabo de esa media hora, después de repetirse mil veces que no tenía absolutamente nada que perder, que no sería la primera vez ni la última que lo rechazaran, se levantó y fue hacia ella, que no apartaba los ojos de su libro.

Karla vio que él se aproximaba, cosa rara en un lugar donde todos respetan los espacios individuales. Él se sentó a su lado y dijo la cosa más absurda que alguien puede decir:

—Disculpa.

Ella solo lo miró, esperando el resto de la frase, que nunca llegó. Pasaron cinco minutos de incomodidad, hasta que decidió tomar la iniciativa.

—¿Disculpa por qué, exactamente?

—Nada.

Pero, para su alegría y su felicidad, no dijo las imbecilidades de siempre, como: "espero no estar molestando", o "¿qué edificio es aquel de ahí enfrente?", o "qué bonita eres" (los extranjeros adoraban esa frase), o "¿cuál es tu nacionalidad?", o "¿dónde compraste tu ropa?", o cosas por el estilo.

Ella decidió ayudarlo un poco, ya que estaba mucho más interesada en él de lo que el muchacho podía imaginar.

—¿Por qué el escudo de Brasil en la manga?

—Para el caso de que me cruce con brasileños; es el país de donde vengo. No conozco a nadie en la ciudad, así que pueden ayudarme a encontrar a gente interesante.

¿Entonces el muchacho, que parecía inteligente y tenía unos ojos negros que brillaban con una energía intensa y un cansancio aún mayor, había atravesado el Atlántico para encontrar brasileños en el exterior?

Aquello parecía el colmo del absurdo, pero decidió darle algo de crédito. Podía tocar de inmediato el asunto de Nepal y continuar la conversación o descartarla para siempre, cambiar de lugar en Dam, decir que tenía una cita o solo irse sin dar ninguna explicación.

Pero resolvió no moverse, y el hecho de continuar sentada con Paulo —ese era su nombre— mientras analizaba sus opciones acabaría por cambiar su vida por completo.

Porque así son las historias de amor, aunque la última cosa en la que pensaba en aquel momento era en esa palabra secreta y en los peligros que acarrea. Ambos estaban juntos, la vidente había tenido razón y el mundo exterior e interior se estaban encontrando rápidamente. Él podía estar sintiendo lo mismo, pero era más tímido de lo que parecía, o tal vez solo estaba interesado en fumar un cigarro de hachís con alguien o, lo que era mucho peor, posiblemente viera en ella una futura compañera para ir a Vondelpark, hacer el amor y después despedirse como si nada importante hubiera sucedido, más allá de un orgasmo.

¿Cómo definir lo que alguien es o no es en unos minutos? Claro, sabemos cuando alguien nos causa repulsión y nos alejamos, pero ese no era el caso en absoluto. Él era demasiado flaco y su cabello parecía bien cuidado. Debía haber tomado un baño aquella mañana, pues todavía era posible percibir el aroma del jabón en su cuerpo.

En el momento en que se sentó a su lado y dijo la absurda palabra, "Disculpe", Karla sintió un gran bienestar, como si ya no estuviera sola. Estaba con él, y él con ella, y los dos lo sabían, aunque nada más hubiera sido dicho y ambos desconocieran lo que estaba ocurriendo. Los sentimientos escondidos no habían sido revelados y tampoco permanecían ocultos; solo estaban esperando la hora de manifestarse. En instantes como ese se pierden muchas relaciones que podían haber terminado en grandes amores, porque cuando las almas se encuentran en la faz de la tierra ya saben hacia dónde se dirigen caminando juntas, y eso aterroriza, o porque estamos tan condicionados que ni siquiera les damos tiempo a las almas para que se conozcan, vamos en busca de algo "mejor" y perdemos la oportunidad de nuestra vida.

Karla estaba dejando que su alma se manifestara. A veces somos engañados por sus palabras, porque las almas no son precisamente muy fieles y terminan aceptando situaciones que en realidad no corresponden a nada; intentan agradar al cerebro e ignoran aquello en lo que Karla se zambullía cada vez más: el Conocimiento. Su Yo visible, lo que usted cree ser, no es más que un lugar limitado, ajeno al verdadero Yo. Por eso las personas tienen mucha dificultad para escuchar lo que el alma está diciendo; intentan controlarla para que siga exactamente lo que ya venían planeando: los deseos, las esperanzas, el futuro, el deseo de decir a los amigos "por fin encontré al amor de mi vida", el pavor de terminar solos en un asilo de ancianos.

Ella ya no podía engañarse. No sabía lo que estaba sintiendo y procuró dejar las cosas así, sin mayores justificaciones ni explicaciones. Estaba consciente de que al fin debía levantar el velo que cubría su corazón, pero no sabía cómo y no lo descubriría ahora, así tan rápido. Lo ideal habría sido mantenerlo a una distancia segura hasta ver exactamente cómo se comportarían los dos en las horas siguientes, o días, o años... No, no pensaba en años, porque su destino era una caverna en Katmandú, sola, en contacto con el universo.

El alma de Paulo no se reveló todavía, y él no tenía cómo saber si esa chica desaparecería de un momento a otro. Ya no sabía qué decir, ella también se quedó callada. Los dos habían aceptado el silencio y tenían la mirada fija al frente, sin ver nada en realidad; los holandeses caminaban hacia las cafeterías y los restaurantes, los tranvías pasaban abarrotados, pero ambos tenían las miradas perdidas, las emociones en otra dimensión.

—¿Quieres comer?

Entendiendo aquello como una invitación, Paulo se sorprendió y se alegró. No podía comprender cómo esa chica tan bonita lo estaba invitando a comer; sus primeras horas en Ámsterdam habían comenzado muy bien.

No había planeado nada así, y cuando las cosas suceden sin planearse o las expectativas terminan siendo más agradables y más provechosas, como hablar con una extraña sin pensar en ninguna conexión romántica, todo fluye de forma más natural.

¿Estaba sola? ¿Durante cuánto tiempo podría prestarle atención? ¿Qué necesitaba hacer para mantenerla a su lado?

Nada. La secuencia de preguntas idiotas desapareció en el espacio y aunque había almorzado hacía poco, iría a comer con ella. Solo esperaba que ella no eligiera un restaurante muy caro, pues necesitaba que su dinero durara un año, hasta la fecha del boleto de regreso.

Peregrino, estás distraído; cálmate.
Porque no todos los que son llamados serán elegidos.
No es cualquier persona la que duerme con una sonrisa
    en los labios.
Que verá lo que tú estás viendo.

Claro que necesitamos compartir. Aun cuando sea información que todos ya conocen, es importante no dejarse llevar por el pensamiento egoísta de llegar solo al final de la jornada. Quien lo hace, descubrirá un paraíso vacío, sin ningún interés especial, y en breve estará muriendo de aburrimiento.

No podemos tomar las luces que iluminan el camino y llevarlas con nosotros.

Si actuamos así, vamos a llenar nuestras mochilas con linternas. En ese caso, aun con toda la luz que cargamos, no vamos a contar con una buena compañía. ¿De qué sirve?

Pero era difícil calmarse; necesitaba anotar todo lo que estaba viendo a su alrededor. Una revolución sin armas, una carretera sin controles de pasaporte ni curvas peligrosas. Un mundo que de repente se había vuelto joven, independientemente de la edad de las personas y de sus creencias religiosas y políticas. El sol había aparecido, como para anunciar que al fin el Renacimiento estaba volviendo, cambiando los hábitos y las costumbres de todo el mundo; y un bello día, en un futuro muy próximo, las personas ya no dependerían más de la opinión ajena y sí de su propia manera de ver la vida.

Gente vestida de amarillo, danzando y cantando en la calle, ropa de todos los colores, una chica repartiendo rosas a quien pasara, todo el mundo sonriendo; sí, el mañana sería mejor, a pesar de lo que ocurría en América Latina y en otros países. El mañana sería mejor simplemente porque no había elección. No se podía volver al pasado y dejar que el moralismo, la hipocresía y la mentira ocuparan de nuevo los días y las noches de quien caminaba por esa tierra. Se acordaba de su exorcismo en el tren y de los dos millares de críticas que escuchaba de todos, conocidos y desconocidos. Recordaba el sufrimiento de sus padres y quería llamar a casa en ese momento y decir:

No se preocupen, estoy contento y pronto ustedes terminarán por entender que no nací para entrar a la universidad, obtener un diploma y conseguir un empleo. Nací para ser libre y puedo sobrevivir así; siempre tendré qué hacer, siempre descubriré una manera de ganar dinero, siempre podré casarme un día y formar una familia, pero el momento ahora es otro; es hora de buscar estar solo en el presente, aquí y ahora, con la alegría de los niños, a quienes Jesús destinó el reino de los cielos. Si fuera necesario trabajar como campesino, lo haré sin el menor problema, porque me permitirá estar en contacto con la tierra, el sol y la lluvia. Si fuera preciso algún día encerrarme en una oficina, también lo haré sin el menor problema, porque tendré a mi lado a otras personas y acabaremos por formar un grupo, un grupo que descubrirá qué bueno es sentarse en torno a una mesa y conversar, rezar, reír, limpiarse todas las tardes del trabajo repetitivo. Si fuera necesario quedarme solo, lo haré; si me enamorara y decidiera casarme, me casaré, pues tengo la certeza de que mi mujer, la que será el amor de mi vida, aceptará mi alegría como la mayor bendición que un hombre puede dar a una mujer.

La chica a su lado se detuvo, compró flores y, en vez de llevarlas a algún lugar, hizo dos guirnaldas y colocó una en sus cabellos y otra en el pelo de él. Y eso, lejos de parecer ridículo, era una forma de celebrar las pequeñas victorias de la vida, como los griegos exaltaban hacía milenios a sus héroes y a sus vencedores; en lugar de oro, coronas de laurel, que podían terminar marchitándose y desapareciendo, pero que no eran pesadas ni exigían una vigilancia constante como las coronas de los reyes y las reinas. Mucha gente que pasaba tenía flores en el pelo, lo que volvía todo más bello.

Las personas tocaban flautas de madera, violines, guitarras, cítaras; había una polifonía confusa, pero que armonizaba naturalmente con aquella calle sin acera, como la mayor parte de las vías de la ciudad: llena de bicicletas, el tiempo transcurriendo más despacio y más rápido. Paulo tenía miedo de que lo más rápido acabara prevaleciendo y el sueño terminara pronto.

Porque no estaba en una calle; se encontraba en un sueño en el que los personajes eran de carne y hueso, hablaban distintas lenguas extranjeras, miraban a la mujer que iba a su lado y sonreían ante su belleza; ella devolvía el gesto y él sentía una punzada de celos que pronto era sustituida por orgullo de que ella lo hubiera elegido para acompañarla.

Una u otra persona ofrecía inciensos, pulseras, abrigos coloridos posiblemente hechos en Perú y en Bolivia, y él quería comprar todo porque devolvían las sonrisas y no se sentían ofendidos ni insistían, como hacen los vendedores de las tiendas. Si compraba, tal vez eso significara para ellos una noche más, un día más en el paraíso, aunque supiera que todos, absolutamente todos, sabrían cómo sobrevivir en este mundo. Paulo necesitaba ahorrar todo lo que fuera posible; también, tratar de descubrir una manera de vivir en aquella ciudad hasta que su boleto de avión comenzara a pesar en la bolsa con correa alrededor de su cintura y debajo de su pantalón, diciéndole que ya era hora, que tenía que salir del sueño y volver a la realidad.

Una realidad que incluso aparecía de vez en cuando en aquellas calles y parques, en mesitas con paneles atrás que mostraban las atrocidades cometidas en Vietnam: la foto de un general ejecutando a un vietcong a sangre fría. Todo lo que pedían era que firmaran un manifiesto, y todos colaborarían.

En ese momento se daba cuenta de que todavía faltaba mucho para que el Renacimiento se apoderara del mundo, pero estaba comenzando, sí, estaba comenzando, y cada
uno de esos jóvenes —de los muchos jóvenes en esa calle—
no olvidarían lo que estaban viviendo, y cuando volvieran
a sus países se convertirían en evangelistas de la paz y del
amor. Porque eso era posible: un mundo finalmente libre
de la opresión, del odio, de los maridos que golpean a sus
mujeres, de los torturadores que cuelgan a las personas de
cabeza y las matan lentamente con...

... No era que hubiera perdido el sentido de la justi-
cia —todavía se escandalizaba con la injusticia en el mundo
entero—, pero por lo menos durante un tiempo necesitaba
descansar y recuperar sus energías. Había gastado parte de su
juventud muriendo de miedo; ahora era el momento de tener
coraje ante la vida y el camino desconocido que recorría.

Entraron en una de las decenas de tiendas que vendían pipas,
chales de colores, imágenes orientales, parches. Paulo compró
lo que estaba buscando: una serie de aplicaciones de metal
en forma de estrella que pondría en su chamarra cuando volviera al dormitorio.

En uno de los muchos parques de la ciudad, tres chicas estaban sin blusa y sin sostén, los ojos cerrados en pos-
tura de yoga, volteadas hacia un sol que tal vez se escondería
pronto durante dos estaciones hasta que volviera la primavera. Reparó con más cuidado en que en la plaza había gente

de más edad, yendo o volviendo del trabajo, personas que ni siquiera se tomaban el tiempo de mirar a las chicas, porque la desnudez no era castigada ni reprimida: cada uno es dueño de su cuerpo y puede hacer con él lo que mejor le parezca.

Y las camisetas… las camisetas eran mensajes ambulantes, algunas con fotos de grandes ídolos —Jimi Hendrix, Jim Morrison, Janis Joplin—, pero la mayoría predicando el Renacimiento:

HOY ES EL PRIMER DÍA DEL RESTO DE TU VIDA.
UN SIMPLE SUEÑO ES MÁS PODEROSO QUE MIL REALIDADES.
TODO SUEÑO NECESITA UN SOÑADOR.

Una, en especial, le llamó la atención:

EL SUEÑO ES ALGO ESPONTÁNEO Y, POR LO TANTO,
PELIGROSO PARA QUIENES NO TIENEN EL VALOR DE SOÑAR.

Eso. Era eso lo que el sistema no toleraba, pero los sueños terminarían venciendo, antes de que los estadounidenses fueran derrotados en Vietnam.

Él creía. Había elegido su locura y ahora pretendía vivirla intensamente; quedarse ahí hasta que escuchara su llamado para hacer algo que ayudara a cambiar el mundo. Su sueño era ser escritor, pero aún era temprano para eso y él tenía dudas de que los libros tuvieran ese poder, pero haría su mejor esfuerzo para mostrar lo que los demás todavía no veían.

Una cosa era cierta: no había vuelta; ahora solo existía el camino de la luz.

Encontró a una pareja brasileña, Tiago y Tabita, que notó su bandera y se identificó con él.

—Somos Niños de Dios —dijeron, y lo invitaron a visitar el lugar donde vivían.

Todos eran Niños de Dios, ¿no es verdad?

Sí, pero ellos participaban en un culto cuyo fundador había tenido una revelación. ¿Qué tal sería conocerlo un poco mejor?

Paulo garantizó que sí; cuando Karla lo dejara, antes del final del día, tendría nuevos amigos.

Pero, en cuanto se apartaron, Karla tomó el parche de su chamarra y lo arrancó.

—Ya compraste lo que estabas buscando; las estrellas son mucho más bonitas que las banderas. Si quieres, puedo ayudarte a colocarlas en forma de cruz egipcia o de símbolo *hippie*.

—No tenías que hacer eso. Bastaba con haberlo pedido y dejarme decidir si quería continuar o no con el parche en la manga. Amo y odio a mi país, pero ese es mi problema. Acabo de conocerte y, si crees que puedes guiarme y controlarme porque piensas que soy dependiente de la única persona que verdaderamente encontré aquí, nos separamos ahora. No debe ser difícil encontrar un restaurante barato.

Su voz se había endurecido y, sorprendida, Karla consideró positiva esa reacción. No era un bobo que hacía lo que los otros ordenaban, aunque estuviera en una ciudad extraña. Ya debía de haber pasado por muchas cosas en esta vida.

Ella le devolvió el parche.

—Guárdalo en otro lugar. Es una falta de educación conversar en un idioma que no entiendo, y una falta de imaginación haber venido desde tan lejos para entrar en contacto con gente que puedes encontrar en tu tierra. Si vuelves a hablar en portugués, yo hablaré en holandés, y creo que el diálogo será imposible.

El restaurante no simplemente era barato: era GRATUITO, esa palabra mágica que suele hacer que todo parezca más sabroso.

—¿Quién paga esto? ¿El gobierno holandés?

—El gobierno holandés no deja que ninguno de sus ciudadanos pase hambre; pero en este caso el dinero viene de George Harrison, que adoptó nuestra religión.

Karla escuchaba la conversación con una mezcla de falso interés y visible aburrimiento. La caminata en silencio había confirmado lo que la vidente había dicho el día anterior: ese muchacho era la compañía perfecta para el viaje a Nepal; no hablaba mucho, no buscaba imponer sus opiniones, pero sabía exactamente cómo luchar por sus derechos, como en el caso del parche con la bandera. Solo necesitaba encontrar el momento correcto para abordar el asunto.

Fueron al bufet, donde se sirvieron varias delicias vegetarianas mientras escuchaban a una de las personas vestidas de anaranjado explicar a los recién llegados quiénes eran. Debían ser muchos, y convertir a alguien en aquel momento era facilísimo, ya que los occidentales adoraban todo lo que venía de las exóticas tierras de Oriente.

—Deben haberse cruzado con algunas personas de nuestro grupo mientras caminaban hacia acá —dijo el que parecía mayor, con una barba blanca y el aire beatífico de quien nunca ha pecado en su vida—. El nombre original de nuestra religión es muy complicado; entonces pueden llamarnos Hare Krishna, porque así nos conocen desde hace siglos, ya que creemos que repetir *Hare Krishna/Hare Rama* termina por vaciar nuestra mente, dejando espacio para que penetre la energía. Creemos que todo es una sola cosa, tenemos un alma colectiva, y cada gota de luz en esta alma acaba por contagiar los puntos oscuros a su alrededor. Es solo eso. Quien lo desee, puede tomar el libro Bhagavad Gita a la salida y llenar una ficha pidiendo formalmente su filiación. Nada les faltará, porque así lo prometió el Señor Iluminado antes de la gran batalla, cuando uno de los guerreros se sintió culpable por participar en una guerra civil. El Señor Iluminado respondió que nadie mata y nadie muere; dependía de él mismo cumplir su deber y hacer lo que le habían ordenado.

Él tomó dos ejemplares del libro en cuestión: Paulo miraba al gurú con interés y Karla miraba con interés a Paulo, pensando si no había escuchado eso antes.

—Oh, hijo de Kunti, morirás en el campo de batalla y serás llevado a los planetas en el cielo, o vencerás a tus enemigos y conquistarás lo que sueñas. Por lo tanto, en vez de preguntar cuál es el propósito de esta guerra, levántate y lucha.

El gurú cerró el libro.

—Eso es lo que tenemos que hacer. En lugar de perder el tiempo diciendo: "eso es bueno" o "eso es malo", tenemos que cumplir nuestro destino. Fue el destino el que los trajo hoy a aquí. Quien quiera, puede salir con nosotros para danzar y cantar en la calle cuando terminemos de comer.

Los ojos de Paulo brillaron, y para Karla no fue necesario que él dijera nada. Lo comprendía todo.

—No estás pensando en ir con ellos, ¿o sí?

—Claro. Nunca canté ni bailé en la calle de esa manera.

—¿Sabías que ellos solo permiten el sexo después del matrimonio, y aun así solo para procrear, no para tener placer? ¿Crees que un grupo que se dice tan iluminado sea capaz de rechazar, negar y condenar algo tan bello?

—No estoy pensando en sexo, sino en danza y música. Hace tiempo que no escucho música y no canto, y eso es un agujero negro en mi vida.

—Puedo llevarte esta noche a cantar y a bailar.

¿Por qué la chica parecía tan interesada en él? Ella podría conseguir al hombre que quisiera, en el momento que creyera mejor. Comenzó a acordarse del argentino; a lo mejor necesitaba a alguien que la ayudara en un trabajo que él no estaba ni tan siquiera un poco dispuesto a hacer. Decidió probar las aguas:

—¿Conoces La Casa del Sol Naciente?

Su pregunta podía ser interpretada de tres maneras: la primera, si conocía la canción (*The House of the Rising Sun*, de The Animals). La segunda, si sabía lo que la canción quería decir. Y la tercera, finalmente, si le gustaría ir allá.

—Déjate de tonterías.

Ese muchacho, que al principio había juzgado tan inteligente, encantador, callado y fácil de controlar, parecía haber entendido todo mal. Y, por increíble que pareciera, ella necesitaba más de él que al contrario.

—Está bien. Ve con ellos y yo te sigo a la distancia. Nos encontramos al final.

Tuvo ganas de agregar: "Ya pasé por mi fase Hare Krishna", pero se controló para no asustar a la presa.

Qué alegría estar ahí brincando, saltando, cantando a todo pulmón, siguiendo a aquellas personas que vestían de anaranjado, tocaban campanillas y parecían estar en paz con la vida. Otros cinco habían decidido seguir al grupo y, a medida que caminaban por las calles, más gente se les iba uniendo. De vez en cuando se volteaba para ver si la holandesa continuaba siguiéndolo. No quería perderla; ambos se habían acercado por algún misterio, un misterio que tenía que ser preservado. Jamás entendido, pero mantenido. Sí, ahí estaba ella, a una distancia segura, evitando ser vinculada con los monjes o los aprendices de monjes, y, cada vez que sus miradas se cruzaban, uno le sonreía a otro.

El lazo se estaba creando y se fortalecía.

Recordó un cuento de su infancia, "El flautista de Hamelin", en que el personaje principal, para vengarse de una ciudad que prometió pagarle y no lo hizo, decidió encantar a los niños y llevarlos lejos con el poder de su música. Eso ocurría ahora: Paulo se había convertido en un niño y bailaba en medio de la calle, tan diferente de los años que había pasado sumergido en libros de magia, haciendo rituales complicados y creyendo que se estaba acercando a los verdaderos avatares. Tal vez sí, tal vez no, pero bailar y cantar también ayudaba a alcanzar el mismo estado del espíritu.

De tanto repetir el mantra y saltar, comenzó a entrar en un estado en que el pensamiento, la lógica y las calles de la ciudad ya no tenían tanta importancia; su mente estaba completamente vacía y volvía a la realidad solo de vez en cuando, para constatar que Karla lo acompañaba. Sí, ella estaba ahí, y sería muy bueno si estuviera en su vida por mucho tiempo, aun cuando la había conocido hacía sólo tres horas.

Estaba seguro de que lo mismo le había pasado a ella, o de lo contrario simplemente lo hubiera dejado en el restaurante.

Entendía mejor las palabras de Krishna al guerrero Aryuna antes de la batalla. No era exactamente lo que estaba escrito en el libro, sino en su alma:

Lucha, porque es necesario luchar, porque estás ante un combate.

Lucha, porque estás en armonía con el universo, con los planetas, los soles que explotan y las estrellas que se encogen y se apagan para siempre.

Lucha para cumplir tu destino, sin pensar en ganancias o lucros, en pérdidas o estrategias, en victorias o derrotas.

No busques gratificarte a ti mismo, sino al Amor Mayor que nada ofrece más allá de un contacto breve con el Cosmos, y para eso pide un acto de devoción total: sin cuestionamientos, sin preguntas, amar por el acto de amar y nada más.

Un amor que no se debe a nadie, que no está obligado a nada, que se alegra simplemente por el hecho de existir y poder manifestarse.

El cortejo llegó a Dam y comenzó a darle la vuelta a la plaza. Paulo decidió parar por ahí, dejar que la chica que lo había encontrado volviera a su lado; ella parecía diferente, más relajada, más a gusto con su presencia. El sol ya no calentaba como antes; difícilmente volvería a ver a chicas con los senos afuera, pero, como todo lo que imaginaba parecía ocurrir de manera contraria, ambos descubrieron luces fuertes al lado izquierdo de donde estaban sentados. Y por la total y absoluta falta de algo que hacer, decidieron ir a ver lo que estaba pasando.

Los reflectores iluminaban a una modelo completamente desnuda, que sujetaba un tulipán que le cubría sólo el sexo. En el fondo estaba el obelisco del centro de Dam. Karla le preguntó a uno de los asistentes qué era aquello.

—Es un póster encargado por el departamento de turismo.

—¿Y esa es la Holanda que les están vendiendo a los extranjeros? ¿Las personas andan desnudas aquí en la ciudad?

El asistente se retiró sin responder. En ese momento se interrumpió la sesión y Karla se dirigió al otro asistente, mientras la maquillista entraba en escena para retocar el seno derecho de la modelo. Repitió la misma pregunta. El sujeto, ligeramente estresado, le pidió que no interrumpiera, pero Karla sabía lo que quería.

—Pareces tenso. ¿Qué te preocupa?

—La luz. La luz está disminuyendo rápido y pronto Dam estará a oscuras —respondió el asistente, queriendo librarse de aquella criatura.

—Tú no eres de aquí, ¿verdad? Estamos a principios de otoño y el sol todavía va a brillar hasta las siete de la noche. Además, yo tengo el poder de detener al sol.

El sujeto la miró con sorpresa. Había conseguido lo que quería: llamar la atención.

—¿Por qué están haciendo un póster de una mujer desnuda sujetando un tulipán frente a su sexo? ¿Es ésa la Holanda que desean vender al mundo?

La respuesta llegó en una voz irritada, pero contenida:

—¿Qué Holanda? ¿Quién dice que estás en Holanda, un país donde las casas tienen ventanas bajas que dan a la calle, con las cortinas descorridas para que todo el mundo pueda ver lo que está pasando allá adentro, donde nadie está pecando, donde la vida de cada familia es un libro abierto? Esa es Holanda, hija mía: un país dominado por el calvinismo, donde todos son pecadores hasta que se prueba lo contrario; el pecado vive en el corazón, en la mente, en el cuerpo, en las emociones. Y donde la gracia de Dios puede salvar a algunos, pero no a todos, solo a los escogidos. ¿Eres de aquí y todavía no entiendes eso?

Encendió un cigarrillo y continuó mirando a la chica, antes tan arrogante, que ahora parecía intimidada.

—Esto de aquí no es Holanda, mi joven amiga; es Ámsterdam, con prostitutas en las ventanas y drogas en las calles, cercada por un cordón sanitario invisible. Ay de aquellos que se atrevan a llevar esas ideas lejos del distrito donde está la ciudad. No solo serán mal recibidos, sino que no conseguirán siquiera un cuarto de hotel si no están vestidos con las ropas apropiadas. Tú sabes eso, ¿no? Entonces, por favor, apártate y déjanos trabajar.

Quien se apartó fue el hombre, dejando a Karla con el aire de quien acaba de llevarse un golpe. Paulo intentó consolarla, pero ella murmuró para sí misma:

—Eso es. Él tiene razón. Es así.

¿Cómo era "así"? ¡El guardia de la frontera usaba un pendiente!

—Existe un muro invisible en torno a la ciudad —respondió ella—. ¿Ustedes quieren ser locos? Entonces vamos a crear un lugar donde todo el mundo pueda hacer lo que quiera; pero no sobrepasen ese límite porque serán arrestados por tráfico de drogas, aunque solo estén consumiéndolas, o por atentado al pudor, porque tienen que usar sostén, mantener el recato y la moral, o este país jamás avanzará.

Paulo estaba un poco sorprendido. Ella comenzó a apartarse:

—Nos vemos aquí a las nueve de la noche; prometí que te llevaría a escuchar VERDADERA música y bailar.

—Pero no tienes que…

—Claro que tengo. No faltes porque nunca un hombre me dejó plantada y huyó.

Karla tenía sus dudas; se arrepentía de no haber participado en aquel baile y aquel canto en la calle. Se habría acercado más a él. Pero, en fin, esos son los riesgos que tiene que correr cualquier pareja.

¿Pareja?

Ella solía escuchar: "Vivo creyendo en todo lo que las personas me dicen y siempre acabo decepcionándome. ¿A ti no te pasa eso?".

Claro que le pasaba, pero a sus veintitrés años sabía defenderse mejor. Y la única opción —si decidías no confiar en las personas— era convertirse en alguien que vivía siempre a la defensiva, incapaz de amar y de tomar decisiones, siempre transfiriendo a otros la culpa de que todo saliera mal. ¿Cuál es la gracia de vivir así?

Todo el que confía en sí mismo confía en los demás. Porque sabe que cuando sea traicionado —y será traicionado, eso es la vida— será capaz de responder. Parte de la gracia de la vida está justamente en eso: correr riesgos.

El antro al que Karla lo había invitado, que tenía el sugestivo nombre de Paraíso, era en realidad una... iglesia. Una iglesia del siglo XIX, originalmente construida para cobijar a un grupo religioso local, que a mediados de la década de 1950 había notado que ya no era capaz de atraer a mucha gente, a pesar de ser una especie de reforma de la Reforma luterana. En 1965, debido a los costos de manutención, los últimos fieles decidieron abandonar el edificio, que dos años después fue ocupado por los *hippies* que hallaron ahí, en la nave principal, el lugar perfecto para discusiones, conferencias, conciertos y actividades políticas.

La policía los expulsó poco después, pero el lugar continuó vacío y los *hippies* volvieron en tropel y en grandes cantidades; la solución habría sido usar la violencia o dejar que las cosas siguieran así. Un encuentro entre los representantes de los peludos libertinos y la municipalidad impecablemente vestida permitió que pudieran instalar un escenario donde estaba el antiguo altar, siempre que pagaran impuestos sobre cada ingreso vendido y tuvieran mucho cuidado con los vitrales de la parte posterior.

Los impuestos, claro, nunca fueron pagados; los organizadores siempre alegaban que las actividades culturales eran deficientes y a nadie pareció importarle o considerar otra expulsión. Por otro lado, los vitrales se mantenían limpios; cualquier pequeña fisura era rápidamente restaurada con plomo y vidrio de colores, y así demostraban la gloria y la belleza del Rey de Reyes. Cuando preguntaban por qué tenían tanto cuidado, los encargados decían:

—Porque son bonitos. Y costó mucho trabajo concebirlos, diseñarlos y colocarlos en su lugar; estamos aquí para mostrar nuestro arte y respetamos el arte de quien nos precedió.

Cuando entraron, las personas bailaban al son de uno de los clásicos de la época. El altísimo techo provocaba que la acústica no fuera de las mejores, ¿pero qué importaba eso? ¿Acaso Paulo había pensado en la acústica cuando cantaba Hare Krishna por las calles? Lo más importante era ver que todos sonreían, se divertían, fumaban e intercambiaban miradas que podían ser de seducción o solo de admiración. A esas alturas nadie tenía que pagar entrada o impuestos; la prefectura se había encargado no solo de evitar que transgredieran la ley sino de cuidar la propiedad, ahora subsidiada.

Por lo visto, además de la mujer desnuda con el tulipán en el sexo, había gran interés por transformar a Ámsterdam en la capital de algún tipo de cultura; los *hippies* habían resucitado la ciudad y, según Karla, la ocupación hotelera había aumentado. Todos querían ver a aquella tribu sin líder sobre la cual se decía —falsamente, claro— que las chicas estaban siempre dispuestas a hacer el amor con el primero que apareciera.

—Los holandeses son inteligentes.

—Claro, ya conquistamos el mundo entero, incluso a Brasil.

Subieron a uno de los balcones que circundaban la nave principal. Un milagro de acústica inexistente permitía que ahí pudieran conversar un poco, sin la interferencia del altísimo sonido de abajo. Pero ni Paulo ni Karla querían conversar. Se reclinaron sobre el barandal de madera y se quedaron observando a las personas que bailaban. Ella sugirió que bajaran e hicieran lo mismo, pero Paulo dijo que la única canción que realmente sabía bailar era *Hare Krishna/Hare Rama*. Ambos rieron, encendieron un cigarrillo que compartieron, y Karla le hizo una señal a alguien; a través del humo, pudo ver que era a otra chica.

—Wilma —dijo, presentándose.

—Estamos embarcándonos hacia Nepal —comentó Karla.

Paulo se rio de la broma.

Wilma se asustó con el comentario, pero no hizo nada para demostrar sus emociones. Karla pidió permiso para conversar con su amiga en holandés y Paulo continuó observando a las personas que bailaban allá abajo.

¿Nepal? ¿Entonces la chica que acababa de conocer y que parecía gustar de su compañía partiría pronto? Y había usado un "estamos" como si tuviera compañía para la aventura.

¿A un lugar tan distante, con un boleto que debía costar una fortuna?

Estaba adorando Ámsterdam, pero sabía la razón: no estaba solo. No estaba obligado a entablar conversación; desde el primer momento había encontrado compañía y le habría gustado navegar con ella por todos los sitios de ahí. Decir que estaba comenzando a enamorarse era una exageración, pero Karla tenía un temperamento que a él le encantaba; sabía exactamente adónde quería llegar.

¿Pero a Nepal? ¿Con una chica a la cual estaría forzado a vigilar y proteger, aunque no quisiera, porque así le enseñaron sus padres? Eso estaba más allá de sus posibilidades financieras. Sabía que tendría que irse tarde o temprano de aquel lugar encantado y su próximo destino —si la aduana local lo permitía— sería Piccadilly Circus y las personas que también llegaban ahí de todo el mundo.

Karla continuaba conversando con su amiga y él fingía estar interesado en las canciones: Simon & Garfunkel, Beatles, James Taylor, Santana, Carly Simon, Joe Cocker, B. B. King, Creedence Clearwater Revival… Una lista inmensa que crecía cada mes, cada día, cada hora. Siempre estaba la pareja brasileña que había conocido esa tarde y que podría servir de puerta hacia otras personas, ¿pero dejaría que partiera así quien apenas había llegado a su vida?

Escuchó los acordes familiares de The Animals y recordó que le había pedido a Karla que lo llevara a una casa del sol naciente. El final de la canción era aterrador; él sabía de qué se trataba la letra, pero aun así el peligro atrae y fascina:

Spend your life in sin and misery
In the House of the Rising Sun

[Gastar mi vida en sufrimiento y pecado
En la Casa del Sol Naciente]

La inspiración había venido de repente; tenía que explicárselo a Wilma.

—Qué bueno que te controlaste. Podrías haber arruinado todo.

—¿Nepal?

—Sí. Porque un día voy a ser vieja, gorda, con un marido canoso, con hijos que no me dejen cuidar de mí misma, con un trabajo de oficina donde repita todos los días las mismas cosas, y terminaré acostumbrándome a eso: a la rutina, a la comodidad, al lugar donde vivo. Siempre puedo volver a Rotterdam. Siempre puedo disfrutar las maravillas del seguro de desempleo o del seguro social que dan nuestros políticos. Siempre puedo terminar como presidenta de la Shell, o de la Philips, o de Heineken, porque soy holandesa y ellos solo confían en las personas de su tierra. Pero ir a Nepal tiene que ser ahora o nunca. Ya me estoy haciendo vieja.

—¿A los veintitrés años?

—Los años pasan más rápido de lo que piensas, Wilma, y te aconsejo hacer lo mismo. Arriésgate ahora que tienes salud y coraje. Las dos estamos de acuerdo en que Ámsterdam es un lugar aburridísimo, pero lo creemos así porque ya nos acostumbramos. Hoy, cuando vi al brasileño y la forma en que brillaban sus ojos, descubrí que la aburrida era yo. Ya no veía belleza en la libertad porque estaba acostumbrada a eso.

Miró hacia un lado y vio a Paulo con los ojos cerrados, escuchando "Stand by Me". Continuó:

—Entonces es necesario redescubrir la belleza; solo eso. Saber que, aunque voy a regresar un día, hay muchas cosas que no he visto ni experimentado. ¿Hacia dónde irá mi corazón, si todavía no conozco muchos caminos? ¿Cuál será mi próximo destino, si todavía no he salido de aquí como debía hacerlo? ¿Qué montañas terminaré escalando, si no veo ninguna cuerda para sujetarme? Vine de Rotterdam a Ámsterdam con ese propósito; intenté invitar a varios hombres para que me siguieran hacia los caminos inexistentes, a los barcos que nunca llegan a puerto, al cielo sin límites, pero todos se negaron, todos tuvieron miedo de mí o del destino desconocido. Hasta que esta tarde encontré al brasileño; sin importar lo que yo creía, él siguió a los Hare Krishna por la calle, cantando y bailando. Me dieron ganas de hacer lo mismo, pero mi preocupación por mostrarme como una mujer fuerte me lo impidió. Ya no voy a dudar más.

Wilma seguía sin entender muy bien por qué Nepal y cómo él la había ayudado.

—Cuando llegaste y comenté sobre Nepal, presentí que era lo que debía hacer. Porque al mismo tiempo él demostró no solo asombro sino miedo. La diosa debe haberme inspirado a decir eso. No estoy tan ansiosa como esta mañana, como toda la semana, cuando llegué a dudar de si sería capaz de cumplir ese sueño.

—¿Tienes ese sueño hace mucho tiempo?

—No. Comenzó con el recorte de un anuncio en un periódico alternativo. Desde entonces no se me sale de la cabeza.

Wilma iba a preguntarle si había fumado mucho hachís durante el día, pero Paulo acababa de acercarse.

—¿Vamos a bailar? —preguntó él.

Ella lo tomó de la mano y descendieron juntos hacia la nave central de la iglesia. Wilma se quedó sin saber adónde iba, pero eso no debía ser un problema por mucho tiempo; en cuanto la vieran sola, alguien se acercaría a conversar: todos hablaban con todo el mundo.

Cuando salieron a la lluvia fina y al silencio, sus oídos zumbaban por la música. Tenían que gritarse el uno al otro.

—¿Vas a estar por aquí mañana?

—Estaré en el mismo lugar donde me encontraste por primera vez. Después tengo que ir al sitio donde venden los boletos para el autobús que va a Nepal.

¿Nepal de nuevo? ¿Boleto de autobús?

—Puedes venir conmigo si quieres —dijo, como si le estuviera haciendo un gran favor a él—. Pero me gustaría llevarte a un paseo fuera de Ámsterdam. ¿Ya viste algún molino de viento?

Ella rio con su pregunta; así era como el resto del mundo imaginaba su país: suecos, molinos de viento, vacas y vitrinas con prostitutas.

—Nos encontraremos en el lugar de siempre —respondió Paulo entre ansioso y contento porque ella, ese modelo de belleza, con los cabellos llenos de flores, una falda larga, un chaleco bordado con espejos, el cabello bien peinado, el perfume de pachuli, esa maravilla, quería reunirse de nuevo con él—. Estaré aquí alrededor de la una de la tarde. Necesito dormir un poco. Pero ¿no íbamos a ir a una de las casas del sol naciente?

—Dije que te mostraría una, no que iría contigo.

Caminaron menos de doscientos metros hasta un callejón donde había una puerta sin letrero alguno y ningún sonido de música.

—Aquí hay una. Me gustaría darte algunas sugerencias.

Había pensado en la palabra *consejo*, pero habría sido la elección más equivocada del mundo.

—No saques de ahí nada; la policía que no vemos debe estar en una de esas ventanas vigilando a quien visita el lugar. Y generalmente revisa a los que salen. Y quien salga con algo, va directo a la cárcel.

Paulo asintió con la cabeza y preguntó cuál era la segunda sugerencia.

—No experimentes.

Habiendo dicho eso, le dio un beso en los labios —un casto beso que prometía mucho pero no entregaba nada—, se volvió y se encaminó a su dormitorio. Paulo se quedó solo, preguntándose si debería entrar o no. Tal vez sería mejor volver a su dormitorio y comenzar a colocar en su chamarra las aplicaciones de metal en forma de estrella que había comprado aquella tarde.

Sin embargo, la curiosidad fue más fuerte y se dirigió a la puerta.

El corredor era estrecho, bajo y mal iluminado. Al final, un hombre con la cabeza rapada, y posiblemente con experiencia en la policía de algún país, lo miró de arriba abajo: la famosa "lectura corporal", con la cual es posible hacer un cálculo de las intenciones, el grado de nerviosismo, la situación financiera y la profesión de la persona. Le preguntó a Paulo si tenía dinero para gastar. Sí, pero no haría como en la aduana, cuando intentó mostrar lo que traía. El hombre dudó por un segundo, pero lo dejó pasar; no debía ser un turista, los turistas no se interesan en eso.

Algunas personas estaban acostadas en colchones esparcidos por el suelo; otras, recostadas sobre las paredes pintadas de rojo. ¿Por qué estaba ahí? ¿Para satisfacer alguna curiosidad morbosa?

Nadie conversaba ni escuchaba música. Incluso su curiosidad morbosa estaba limitada a lo que veía, que era el mismo brillo —o falta de brillo— en los ojos de todos. Intentó hablar con un muchacho de su edad, con la piel famélica y algunas marcas en el rostro y en el cuerpo sin camisa, como si hubiera sido picado por algún insecto y se hubiera rascado esa parte hasta quedar inflamado y rojo.

Otro hombre entró; parecía diez años mayor que la mayoría de los jóvenes afuera, aunque tal vez tenía la misma edad que él. Era —por lo menos de momento— el único sobrio. En poco tiempo estaría en otro universo, y Paulo se le acercó para ver si lograba algo, aunque fuera una simple frase para un libro que pretendía escribir en el futuro. Su sueño era ser escritor y había pagado un precio muy alto por eso: internamientos en hospitales psiquiátricos, prisión y tortura, la prohibición de la madre de su novia de la adolescencia de que la hija se le acercara, el desprecio de sus compañeros de escuela cuando vieron que comenzó a vestirse de manera diferente.

Y, como venganza, la envidia de todos cuando tuvo su primera novia —bonita y rica— y comenzó a viajar por el mundo.

¿Pero por qué pensaba en sí mismo en un ambiente de tanta decadencia? Porque necesitaba conversar con alguien. Se sentó al lado del joven/viejo que había entrado. Vio que sacaba una cucharilla con el mango torcido y una jeringa que parecía haber sido usada muchas veces.

—Quisiera…

El joven/viejo se levantó para sentarse en otro lado, pero Paulo sacó el equivalente a tres o cuatro dólares del bolsillo y los colocó junto a la cuchara en el suelo. Fue encarado con sorpresa:

—¿Eres policía?

—No, no soy policía; ni siquiera soy holandés. Sólo quisiera...

—¿Eres periodista?

—No. Soy escritor y por eso estoy aquí.

—¿Qué libros has escrito?

—Ninguno. Primero debo investigar.

El otro miró el dinero en el suelo y, de nuevo, a Paulo, dudando de que una persona tan joven estuviera escribiendo algo que no fuera para los periódicos que formaban parte del "correo invisible". Extendió las manos hacia el dinero, pero Paulo lo detuvo.

—Sólo cinco minutos de conversación. No más de cinco minutos.

El joven/viejo estuvo de acuerdo. Nadie jamás le había pagado un centavo por su tiempo desde que había renunciado al promisorio empleo de ejecutivo en un gran banco multinacional, desde que experimentara por primera vez "el beso de la aguja".

—¿El beso de la aguja?

—Eso. A veces nos picamos un poco antes de inyectarnos la heroína porque lo que llaman dolor para nosotros es el prólogo de un encuentro con algo que ustedes jamás conseguirán entender.

Estaban susurrando para no llamar la atención de los demás, pero Paulo sabía que, aunque en ese momento lanzaran una bomba atómica en el lugar, ninguna de las personas ahí se tomaría el trabajo de huir.

—No puedes mencionar mi nombre.

El otro había comenzado a hablar y los cinco minutos pasarían rápido. Paulo podía sentir la presencia del demonio en aquella casa.

—¿Y…? ¿Cuál es la sensación?

—No hay manera de describirla; solo experimentándola. O creyendo en la descripción de Lou Reed y del Velvet Underground.

Cause it makes me feel like I'm a man
When I put a spike into my vein

Paulo ya había escuchado a Lou Reed. No bastaba.

—Intenta describirla, por favor; los cinco minutos están pasando.

El sujeto respiró hondo. Tenía un ojo en Paulo y otro en la jeringa. Debía responder rápido y librarse del impertinente "escritor" antes de que fuera expulsado de la casa, llevándose el dinero.

—Imagino que tienes experiencia con drogas. Sé lo que provocan el hachís y la marihuana: paz y euforia, confianza en uno mismo, ganas de comer y de hacer el amor. Para mí nada de eso es importante; son cosas de una vida que nos enseñaron a vivir. Fumas hachís y piensas: "El mundo es bello, por fin estoy prestando atención a las cosas", pero, dependiendo de la dosis, acabas por entrar en viajes que te llevan al infierno. Tomas LSD y piensas: "Caramba, ¿cómo no había notado eso antes, que la tierra respira y que los colores cambian a cada instante?" ¿Es eso lo que quieres saber?

Era eso lo que él quería saber. Pero aguardó a que el joven/ viejo continuara.

—Con la heroína es completamente diferente: tienes control de todo: de tu cuerpo, de tu mente, de tu arte. Y una inmensa, indescriptible felicidad inunda el universo entero. Jesús en la Tierra. Krishna en tus venas. Buda sonriéndote desde el cielo. No es una alucinación, todo eso es realidad, pura realidad. ¿Lo crees?

No. Pero no dijo nada, solo movió la cabeza.

—Al día siguiente no hay resaca, solo la sensación de que fuiste al paraíso y volviste a esta porquería de mundo. Entonces vas a trabajar y te das cuenta de que todo aquello es una mentira, las personas intentando justificar sus vidas, pareciendo importantes, creando dificultades a cada minuto porque les da una sensación de autoridad, de poder. Y no aguantas más toda esa hipocresía, así que decides regresar al paraíso, pero el paraíso es caro, la puerta es estrecha. Quien entra descubre que la vida es bella, que el sol efectivamente puede ser dividido en rayos, que ya no es más esa bola redonda, monótona, que ni siquiera sirve para mirarla. Al día siguiente, vuelves del trabajo en un tren lleno de gente con la mirada vacía, más vacía de lo que parece la mirada de las personas aquí. Todos pensando en llegar a casa, preparar la cena, encender el televisor, olvidar la realidad; ¡hombre, la realidad es ese polvo blanco, no la televisión!

A medida que el joven/viejo hablaba, Paulo se iba sintiendo tentado a experimentar por lo menos una vez, una única vez. Y el sujeto sabía eso.

—Sé que con el hachís existe un mundo al cual no pertenezco. Lo mismo ocurre con el LSD. Pero la heroína, hombre, la heroína soy yo. Vale la pena vivir la vida, independientemente de lo que digan los que están afuera. Sólo hay un problema…

Claro que había un problema. Paulo necesitaba saber ya qué problema era porque estaba a pocos centímetros de la punta de la aguja y de su primera experiencia.

—El problema es que el organismo va aumentando su tolerancia. Yo comencé gastando cinco dólares al día; hoy necesito veinte dólares para llegar al paraíso. Ya vendí todo lo que tenía; mi próximo paso es mendigar, y después de mendigar estaré obligado a robar, porque al demonio no le gusta que las personas conozcan el paraíso. Ya sé todo lo que va a pasar, porque ya les pasó a todos los que están aquí hoy, pero no me importa.

Qué curioso. Cada uno tenía una idea diferente sobre de qué lado de la puerta estaba el paraíso.

—Creo que ya pasaron cinco minutos.

—Sí, me explicaste bien y te lo agradezco.

—Cuando escribas al respecto, no seas como los otros que viven condenando lo que no entienden. Sé honesto. Llena los vacíos con tu imaginación.

Ambos dieron por terminada la conversación, pero Paulo no se movió. Al joven/viejo no le molestó; puso el dinero en su bolsillo pensando que, si había pagado, tenía derecho a ver.

Colocó un polvo blanco en la cuchara de mango torcido y encendió un mechero debajo. Poco a poco, el polvo comenzó a hervir y a transformarse en un líquido. Le pidió a Paulo que lo ayudara a colocar el torniquete para que su vena quedara más abultada.

—Unos ya no tienen espacio: se inyectan en el pie, en el dorso de la mano… Pero yo, gracias a Dios, todavía tengo un largo camino por delante.

Llenó la jeringa con el líquido de la cuchara y, exactamente como había dicho al principio, clavó la aguja varias veces, anticipando el momento de abrir la dicha puerta. Por fin se inyectó y sus ojos dejaron de parecer ansiosos y se transformaron en beatíficos, pero cinco o diez minutos después perdieron la luz y quedaron fijos en un punto cualquiera en el espacio donde, según él, Buda, Krishna y Jesús debían estar flotando.

Paulo se levantó y, saltando por encima de las personas acostadas en los colchones sucios, tratando de hacer el menor ruido posible, se dirigió a la salida, pero el guardaespaldas de cabeza rapada no lo dejó pasar:

—Entraste hace poco tiempo. ¿Ya te vas?

—Sí, no tengo dinero para eso.

—Mentira. Vi que le diste algunos billetes a Ted (que debía ser el nombre del joven/viejo con quien había conversado). ¿Viniste aquí a conseguir feligreses?

—De ninguna manera. Solo hablé con una persona. Más tarde podrás preguntarle lo que conversamos.

Intentó pasar de nuevo, pero el cuerpo del gigante se lo impedía. Sintió miedo, aunque sabía que no podía pasar nada malo; Karla había dicho que allá afuera, en las ventanas, los policías vigilaban el lugar.

—Un amigo mío quiere platicar contigo —dijo el gigante, señalando una puerta al final del salón y dejando claro con su tono de voz que Paulo tenía que obedecer. Quizá la historia de los policías había sido un invento de Karla para protegerlo.

Viendo que no tenía muchas opciones, se dirigió a la puerta indicada. Antes de llegar, un hombre discretamente vestido, con cabello y patillas al estilo de Elvis Presley, abrió la puerta. Le pidió amablemente que entrara y le ofreció una silla.

La oficina nada tenía que ver con lo que estaba acostumbrado a ver en el cine: mujeres sensuales, champaña, hombres de anteojos oscuros con algún tipo de arma de alto calibre. Por el contrario, era discreta, pintada de blanco, algunas reproducciones baratas en la pared y nada encima del escritorio, excepto un teléfono. Exactamente atrás del escritorio

—un mueble antiguo, pero en excelente estado de conservación— había una foto inmensa.

—La torre de Belén —dijo Paulo, sin darse cuenta de que había hablado en su lengua natal.

—Exactamente —respondió el hombre, también en portugués—. De ahí salimos para conquistar el mundo. ¿Desea beber algo?

Nada. El corazón aún no había vuelto a la normalidad.

—Bien, imagino que es una persona ocupada —continuó el hombre, usando una frase totalmente fuera de contexto, pero que indicaba amabilidad—. Vimos que entró, salió, conversó solo con uno de nuestros clientes y no parece un policía disfrazado sino una persona que, con mucho esfuerzo, logró llegar a esta ciudad y disfrutar todo lo que le ofrece.

Paulo no dijo nada.

—Tampoco se interesó por el excelente material que ofrecemos aquí. ¿Le molestaría mostrarme su pasaporte?

Claro que le molestaría, pero ¿cómo podía negarse? Metió la mano en la bolsa sujeta con una correa en la cintura, lo retiró y se lo extendió al sujeto frente a él. Enseguida se arrepintió. ¿Y si él retuviera su pasaporte?

Pero el sujeto sólo miró las páginas, sonrió y se lo devolvió.

—Ah, pocos países, excelente. Perú, Bolivia, Chile, Argentina e Italia. Además de Holanda, claro. Imagino que debe haber pasado sin problemas por la frontera.

Sin ningún problema.

—¿Adónde irá ahora?

—A Inglaterra.

Fue lo único que se le ocurrió, aunque no tuviera la menor intención de dar a aquel hombre su itinerario completo.

—Me gustaría hacerle una oferta. Necesito mover cierta mercancía, que usted debe imaginar cuál es, a Dusseldorf, en Alemania. Son sólo dos kilos, que pueden ser colocados fácilmente debajo de su camisa. Le compraremos un suéter más grande, claro; todo el mundo usa suéter y abrigo en invierno. Por cierto, su chamarra no va a protegerlo de la baja temperatura por mucho tiempo; el otoño está llegando.

Paulo solo se quedó esperando la propuesta.

—Le pagaremos cinco mil dólares; la mitad en Ámsterdam y la otra mitad cuando entregue el material a nuestro proveedor en Alemania. Debe atravesar una sola frontera, nada más. Y, con seguridad, eso hará que su viaje a Inglaterra sea muchísimo más confortable. Ahí la aduana suele ser muy rígida; normalmente pide ver cuánto dinero lleva el "turista".

No era posible que hubiera escuchado bien esa propuesta. Era muy tentadora, una cantidad que le permitiría viajar durante dos años.

—Solo necesitamos que nos dé la respuesta en el tiempo más breve posible. Lo ideal sería mañana. Por favor, llame a las cuatro de la tarde a este teléfono público.

Paulo tomó la tarjeta que le extendió el hombre, con un número impreso, tal vez porque estaban en el momento de distribuir mucha mercancía, tal vez por miedo a que analizaran su caligrafía.

—Le pido que me disculpe, pero debo seguir trabajando. Muchas gracias por haber venido a mi modesta oficina. Todo lo que hago es permitir que las personas sean felices.

Dicho esto, se levantó, abrió la puerta y Paulo salió de nuevo a la sala con las personas recostadas contra la pared o acostadas en colchones sucios en el suelo. Pasó por el de seguridad, que en esta ocasión solo le dirigió una sonrisa de complicidad.

Y salió a la fina llovizna que caía, pidiendo a Dios que lo ayudara, que lo iluminara, que no lo dejara solo en ese momento.

Estaba en un lugar de la ciudad que no conocía; no sabía cómo llegar al centro, no tenía un mapa, no tenía nada. Claro que un taxi siempre era la solución de emergencia, pero él necesitaba caminar por aquella llovizna, que pronto se transformó en lluvia de verdad, y aun así parecía no lavar nada; ni el aire a su alrededor ni su mente, que no cesaba de pensar en los cinco mil dólares.

Preguntaba a las personas dónde quedaba Dam y estas seguían su camino: otro *hippie* loco que vino hacia acá y no puede encontrar a su gente. Finalmente, un alma caritativa, un hombre que estaba en un puesto de revistas acomodando ya los periódicos del día siguiente, le vendió un mapa y le mostró la dirección que debía seguir.

Llegó al dormitorio; el portero de la noche encendió la luz especial para ver si traía el sello del día; siempre marcaban a los huéspedes con una especie de tinta invisible antes de salir. No, él traía el sello del día anterior, había vivido veinticuatro horas que parecían no terminar nunca. Tuvo que pagar otro día; pero, por favor, no me selle ahora porque voy a tomar un baño, tengo que lavarme, estoy sucio en todos los sentidos.

El portero asintió y le pidió que volviera en media hora como máximo, porque su turno terminaría pronto. Él entró al baño mixto, donde había personas hablando en voz alta, pero volvió al dormitorio, tomó el papel con el teléfono que había cargado durante todo el recorrido y volvió de nuevo al baño, ya desvestido, con el papel en la mano. Y lo primero que hizo fue romperlo en pedazos, mojarlo para nunca poder juntar todo de vuelta y tirarlo al suelo. Alguien reclamó; aquél no era lugar para tirar cosas, que fuera al bote de basura que estaba debajo de uno de los lavabos. Otros se detuvieron a mirar al maleducado que no sabía cuidar el lugar donde estaba, pero él ni devolvió la mirada ni explicó nada; solo obedeció, como hacía mucho tiempo no obedecía a nadie.

Y después de hacer eso volvió a entrar a la regadera y sintió que ahora sí era libre. Claro, siempre podía regresar al lugar de donde había venido y conseguir otra tarjeta, pero sabía que sería rechazado; había tenido su oportunidad y no la aprovechó.

Cosa que lo ponía muy contento.

Se acostó en la cama; los demonios ya se habían ido, estaba seguro. Los demonios que esperaban que él hubiera aceptado la oferta y conseguir así más súbditos para su reino. Creía que era ridículo pensar de esa manera; a fin de cuentas, la droga ya estaba lo bastante satanizada, pero en ese caso las personas tenían razón. Y también era ridículo que él, que siempre había defendido las drogas como una especie de ampliación de la conciencia, estuviera ahora ahí, esperando que la policía holandesa dejara de tolerar cualquier casa del sol naciente, arrestara a todos y los enviara bien lejos de las personas que solo deseaban amor y paz para el mundo.

Conversó con Dios, o con un ángel, porque no podía dormir. Fue al armario donde estaban guardadas sus cosas, se quitó la llave del cuello y tomó un cuaderno donde solía anotar algunos pensamientos y experiencias. Pero no pretendía relatar ahí todo lo que Ted había dicho; difícilmente escribiría sobre eso en el futuro. Apuntó sólo las palabras que, según imaginaba, Dios le había dictado:

No existe diferencia entre el mar y las olas.
Cuando la ola crece, está hecha de agua.
Y cuando rompe en la arena, también está hecha
*   de la misma agua.*
Dime, Señor, ¿por qué ambas cosas son iguales?
*   ¿Dónde está el misterio y el límite?*
El Señor respondió: todas las cosas y las personas son
*   iguales; ese es el misterio y el límite.*

Cuando Karla llegó, el brasileño ya estaba ahí: tenía ojeras profundas, como si hubiera pasado la noche en vela o como… Prefirió no pensar en la segunda posibilidad, porque eso significaría que era alguien en quien no podría confiar nunca más, y ya se había acostumbrado a su presencia y a su olor.

—Entonces, ¿vamos a ver uno de los símbolos de Holanda, un molino de viento?

Él se levantó de mala gana y comenzó a seguirla. Tomaron un autobús y comenzaron a alejarse de Ámsterdam. Karla le dijo que era necesario comprar el boleto —había una máquina dentro del vehículo para eso—, pero él prefirió ignorar el aviso; había dormido mal, estaba cansado de todo, debía reponer las fuerzas. Poco a poco fue recuperando la energía.

El paisaje era uno solo: planicies inmensas, cortadas por diques y puentes levadizos, donde pasaban remolques llevando algo para algún lugar. No veía molinos de viento por ningún lado, pero era de día, el sol brillaba de nuevo, lo que hizo que Karla comentara que eso era raro, pues en Holanda siempre llovía.

—Escribí algo ayer —dijo Paulo, sacando el cuaderno de su bolsa y leyendo en voz alta.

Ella no dijo si le había gustado o lo había detestado.

—¿Dónde está el mar?

—El mar estaba aquí. Existe un viejo proverbio: "Dios hizo el mundo y los holandeses hicieron *Holanda*". Ahora está lejos, no podemos ver los molinos de viento y el mar el mismo día.

—No, no quiero ver el mar. Ni siquiera los molinos de viento, algo que, me imagino, debe encantarles a los turistas. No estoy en un viaje de ese tipo, como debes saber.

—¿Y por qué no lo dijiste antes? Estoy harta de hacer el mismo recorrido para mostrarles a mis amigos extranjeros algo que ni siquiera sirve más para su propósito original. Pudimos habernos quedado en la ciudad.

… Y haber ido directamente al sitio donde venden los boletos de autobús, pensó. Pero omitió esa parte; tenía que atacar en el momento adecuado.

—No lo comenté antes porque…

… La historia salió sin ningún control.

Karla apenas escuchaba, aliviada y aprehensiva al mismo tiempo. ¿No era demasiado extrema la reacción de él? ¿Sería Paulo del tipo que cambiaba de la euforia a la depresión, y viceversa?

Cuando terminó de contarlo todo, se sintió mejor. La chica había escuchado en silencio y sin juzgar. Por lo visto, no pensaba que él hubiera tirado cinco mil dólares en el cubo de basura del baño. No lo consideraba débil y solo ese pensamiento lo hizo sentir más fuerte.

Finalmente llegaron al molino de viento, donde un grupo de turistas escuchaba una explicación: "El más antiguo se encuentra en —nombre impronunciable—, y el más alto está en —nombre impronunciable—; servían para moler maíz y granos de café y de cacao; producían aceite, ayudaron a nuestros navegantes a transformar en barcos grandes tablas de madera y, con ellos, llegamos lejos, el Imperio se expandió...".

Paulo escuchó el ruido del autobús que daba la señal de partida, tomó a Karla de la mano y le pidió que regresaran pronto a la ciudad, en el mismo vehículo en el que habían llegado. En dos días, ni él ni los turistas conseguirían recordar para qué servía un molino de viento. No estaba viajando para aprender ese tipo de cosas.

De regreso, en una de las paradas, entró una mujer, se colocó una insignia en la que se leía "FISCAL" y comenzó a pedir a todos el boleto. Cuando llegó el turno de Paulo, Karla miró para otro lado.

—No tengo —respondió—. Pensé que era gratis.

La fiscal ya debía haber escuchado ese tipo de disculpas un millón de veces, porque en su respuesta casi ensayada dijo que Holanda era muy generosa, sin duda alguna, pero solo las personas con un coeficiente intelectual muy bajo podrían creer que también proporcionaba transporte gratuito.

—¿Ha visto eso en algún lugar del mundo?

Claro que no, pero tampoco había visto... Sintió una patada discreta de Karla y decidió no discutir más. Pagó veinte veces el valor del boleto, además de verse obligado a soportar las miradas de los otros pasajeros, todos calvinistas, honestos, respetuosos del orden y ninguno con aspecto de frecuentar la plaza de Dam y sus alrededores.

Cuando bajaron del autobús, Paulo se sentía incómodo; ¿estaría intentando imponer su presencia a aquella muchacha siempre tan amable, aunque dispuesta a conseguir lo que quería? ¿No era el momento de decir adiós y dejar que ella siguiera con su vida? Apenas se conocían y ya habían pasado más de veinticuatro horas juntos, aferrados uno al otro, como si eso fuera normal.

Karla debió haber leído su pensamiento, porque lo invitó a ir con ella a la agencia donde compraría su boleto para Nepal.

¡De autobús!

Eso estaba más allá de cualquier cosa loca que él podía imaginar.

La agencia era, en realidad, era una oficina pequeña, con una sola persona trabajando, que se presentó como Lars Algo, uno de esos nombres imposibles de memorizar.

Karla preguntó cuándo salía el próximo *Magic Bus* (así lo llamaban).

—Mañana. Solo quedan dos lugares que seguramente se ocuparán pronto. Si ustedes no van, alguien en la carretera nos va a parar y a pedir que lo dejemos seguir con nosotros.

Bueno, por lo menos ella no tendría tiempo de tomar todas las precauciones…

—¿Y no es peligroso para una mujer ir sola?

—Dudo que estés sola más de veinticuatro horas. Mucho antes de llegar a Katmandú ya habrás enamorado a todos los pasajeros del sexo masculino. Tú y las otras mujeres que viajan solas.

Lo curioso era que Karla JAMÁS había pensado en esa posibilidad. Había perdido un tiempo inmenso en busca de compañía, con un grupo de muchachos cobardes que solo estaban dispuestos a explorar aquello que ya conocían; para ellos, incluso América Latina debía ser una amenaza. Les gustaba sentirse libres siempre que estuvieran a una distancia segura de la falda de la madre. Percibió que Paulo intentaba esconder su agitación, y eso la puso contenta.

—Quiero comprar un pasaje de ida. Después pensaré en el regreso.

—¿Hasta Katmandú?

Porque el tal *Magic Bus* hacía varias paradas para recoger o para dejar pasajeros: Múnich, Atenas, Estambul, Belgrado, Teherán o Bagdad (dependiendo de qué ruta estuviera abierta).

—Hasta Katmandú.

—¿No tienes curiosidad de conocer la India?

Paulo vio que Karla y Lars estaban coqueteando. ¿Y qué? No era su novia; no era nada más que una recién conocida, amable, pero distante.

—¿Cuál es el precio hasta Katmandú?

—Setenta dólares estadounidenses.

¿SETENTA DÓLARES para ir hasta el otro lado del mundo? ¿Qué tipo de autobús era ese? No podía dar crédito a esa conversación.

Karla sacó el dinero de su cintura y se lo entregó al "agente de viajes". El tal Lars llenó un recibo de esos de restaurante, sin más identificación que el nombre de la persona, el número de pasaporte y el destino final. Enseguida llenó parte de la hoja con sellos que no querían decir absolutamente nada, pero que daban un aire respetable al boleto. Se lo entregó a Karla junto con un mapa del recorrido.

—No se devuelve el dinero en caso de que haya fronteras cerradas, accidentes naturales, conflictos armados en el camino o cosas de este tipo.

Entendía perfectamente.

—¿Cuándo sale el próximo *Magic Bus*? —preguntó Paulo, abandonando su mutismo y su mal humor.

—Depende. No somos una línea regular de transporte, como puedes imaginar.

El tono de Lars era ligeramente hostil; lo estaba tratando como a un idiota.

—Ya lo sé, pero no respondiste mi pregunta.

—En principio, si todo está bien con el *Magic Bus* de Cortez, debe llegar en dos semanas, descansar aquí y seguir de nuevo el viaje antes de que finalice el mes. Pero no puedo garantizarlo; Cortez, como otros de nuestros conductores...

—por la manera en que dijo "nuestros", parecía referirse a una gran compañía, cosa que negara poco antes— … se fastidia de hacer siempre el mismo recorrido; son dueños de sus propios vehículos, y Cortez puede elegir ir a Marrakech, por ejemplo. O a Kabul. Se la vive diciéndome eso.

Karla se despidió, no sin antes lanzar una mirada asesina al sueco que estaba frente a ella.

—Si no estuviera tan ocupado, me ofrecería como conductor —dijo Lars, respondiendo el cumplido sin palabras de Karla—. Así podríamos conocernos mejor.

Para él, la compañía masculina de la chica no existía.

—Ya habrá oportunidad. Cuando regrese podremos tomar un café juntos y ver cómo evolucionan las cosas.

Fue en ese momento que Lars, abandonando su tono arrogante y de dueño del mundo, dijo algo que nadie esperaba:

—Quien va allá termina por no regresar, por lo menos durante los siguientes dos o tres años. Eso es lo que dicen los conductores.

¿Secuestros? ¿Asaltos?

—Nada de eso. El apodo de Katmandú es "Xangri-lá", el Valle del Paraíso. Siempre que te acostumbres a la altura, encontrarás ahí todo lo que necesitas en la vida. Y difícilmente tendrás ganas de volver a vivir de nuevo en una ciudad.

Junto con el boleto, también entregó otro mapa con las paradas señaladas.

Karla, que era una persona obstinada y convencida, había decidido el día anterior, en el encuentro en Dam y en las subsecuentes caminatas, que Paulo tenía que ir con ella. Le gustaba su compañía, aunque solo hubieran pasado poco más de veinticuatro horas juntos. Y tenía el consuelo de saber que jamás se enamoraría de él porque ya estaba sintiendo alguna cosa extraña por el brasileño y eso tenía que parar pronto; para ella, nada mejor que convivir con una persona para que sus encantos se disiparan en menos de una semana.

Porque, si seguía así, dejando en Ámsterdam al hombre que juzgaba ideal, su viaje se vería completamente arruinado por su recuerdo constante. Y si continuaba haciendo crecer en su mente la imagen del hombre ideal, se regresaría a medio camino y terminarían casándose —lo cual no estaba absolutamente en sus planes en esta encarnación—, o él se marcharía a una tierra lejana, exótica, llena de indios y con serpientes en las calles de las grandes ciudades (aunque consideraba que esa segunda parte quizá fuera una leyenda, como las muchas que contaban con respecto al país de él).

Por lo tanto, para ella Paulo era la persona correcta en el momento correcto. No tenía la menor intención de convertir su viaje a Nepal en una pesadilla, rechazando las propuestas de otros. Estaba yendo porque en realidad era la experiencia que le parecía más loca, más allá de sus límites; ella, que había sido criada casi sin límites.

Jamás seguiría a los Hare Krishna por las calles, jamás se dejaría llevar por los muchos gurús indios que había conocido y que todo lo que sabían enseñar era "vaciar la mente". Como si una mente vacía, completamente vacía, acercara a alguien a Dios. Después de sus primeras —y frustradas— experiencias en ese sentido, ahora restaba ese contacto directo con la Divinidad, que ella temía y adoraba al mismo tiempo. Todo lo que le interesaba era la soledad y la belleza, el contacto directo con Dios y, sobre todo, una buena distancia de un mundo que había conocido muy bien y que ya no le interesaba más.

¿No era muy joven para actuar así, para tener ese tipo de pensamientos? Siempre podría cambiar de idea en el futuro pero, como conversara con Wilma en el *coffee shop*, el paraíso, según es concebido por los orientales, era irrelevante, repetitivo y aburrido.

Paulo y Karla se sentaron afuera de una cafetería que solo servía café y galletas, nada de todos los productos que podían encontrar en los *coffee shops*. Ambos mantenían los rostros vueltos al sol, otro día de sol después de la lluvia del día anterior, conscientes de que aquello era una bendición que desaparecería de un momento a otro. No habían intercambiado una sola palabra desde que salieron de la "agencia de viajes", la pequeña oficina que también había sorprendido a Karla, que esperaba encontrar algo más profesional.

—Y entonces…

—… Entonces este puede ser el último día que pasemos juntos. Tú vas para el este y yo voy para el oeste…

—Piccadilly Circus, donde vas a encontrar una copia de lo que viste aquí, con la única diferencia del centro de la plaza. Con seguridad, la estatua de Mercurio es mucho más bonita que el símbolo fálico de Dam.

Karla no lo sabía, pero desde la conversación que sostuvieron en la "agencia" él venía sintiendo unas inmensas ganas de acompañarla. Mejor dicho, de conocer lugares adonde se va solo una vez en la vida, y todo por setenta dólares. Se negaba a aceptar la idea de que se estaba enamorando de la chica a su lado, simplemente porque no era una idea verdadera sino apenas una posibilidad; jamás se enamoraría de alguien que no estaba dispuesta a corresponder a su amor.

Comenzó a estudiar el mapa: cruzarían los Alpes, atravesarían por lo menos dos países comunistas, llegarían al primer lugar musulmán que conocería en su vida y sobre el cual había leído tanto con respecto a los derviches que giraban y danzaban y recibían a los espíritus, al punto de haber asistido a un espectáculo de un grupo que visitaba Brasil y que se presentó en el teatro más *chic* de la ciudad. Todas las cosas que por mucho tiempo fueron apenas información en los libros ahora podían volverse realidad.

Por setenta dólares. Acompañado de gente con el mismo espíritu de aventura.

Sí, Piccadilly Circus solo era una plaza circular llena de gente vestida con ropa de colores sentada alrededor, donde los policías no usaban armas, las cervecerías cerraban a las once de la noche, y de donde salían algunos paseos a monumentos históricos y cosas por el estilo.

Pasaron algunos minutos más y ya había cambiado de idea por completo; una aventura es mucho más interesante que una plaza. Los antiguos decían que los cambios son permanentes y constantes porque la vida pasa rápido. Si las cosas no cambiaran, no habría universo.

¿Podía cambiar de idea así de rápido?

Son muchas las emociones que mueven al corazón humano cuando decide dedicarse al camino espiritual. Puede ser un motivo noble, como fe, amor al prójimo o caridad. O puede ser solo un capricho, el miedo a la soledad, la curiosidad o la necesidad de ser amados.

Eso no importa. El verdadero camino espiritual es más fuerte que las razones que nos llevan a él. Poco a poco se va imponiendo, con amor, disciplina y dignidad. Llega un momento en que miramos hacia atrás, recordamos el inicio de nuestra travesía y entonces nos reímos de nosotros mismos. Fuimos capaces de crecer, aunque nuestros pies recorrieran el camino por motivos que juzgábamos importantes, pero que eran muy fútiles. Fuimos capaces de cambiar el rumbo en el momento en que eso se hizo muy importante.

El amor de Dios es más fuerte que las razones que nos llevaron a Él. Paulo creía eso con toda la fuerza de su alma. El poder de Dios está con nosotros a cada momento y se necesita coraje para dejar que se manifieste en la mente, en los sentidos, en la respiración; se necesita coraje para cambiar de idea cuando nos damos cuenta de que somos apenas meros instrumentos de Su Voluntad, y es Su Voluntad la que debemos seguir.

—Imagino que estás queriendo que yo diga "sí", porque desde ayer, en el Paraíso, armaste una trampa.

—Estás loco.

—Siempre.

Sí, ella tenía muchos deseos de que él la acompañara pero, como toda mujer que conoce la forma de pensar de los hombres, no podía decir nada. Si lo hiciera, él se sentiría dominador o, peor, dominado. Y ahora Paulo se había dado cuenta del juego; lo había llamado "trampa".

—Responde a mi pregunta: ¿quieres que yo vaya?

—Me es completamente indiferente.

"Por favor, ven —pensó para sí misma—. No porque seas un hombre particularmente interesante —en realidad, el sueco de la 'agencia' era mucho más asertivo y determinado—, sino porque contigo me siento mejor. Me sentí muy orgullosa de ti cuando decidiste seguir mi consejo y terminaste salvando una cantidad inmensa de almas con tu decisión de no llevar heroína a Alemania".

—¿Indiferente? ¿Quieres decir que te da igual?

—Así es.

—Y, en ese caso, si yo me levantara de aquí en este instante, volviera a la "agencia" de viajes y comprara el boleto que está faltando, ¿eso no te va hacer más feliz o más infeliz?

Ella lo miró y sonrió. Esperaba que su sonrisa lo dijera todo, que estaba muy contenta de que Paulo fuera su compañero de viaje, pero no lograba ni podía expresarlo en palabras.

—Tú pagas los cafés —dijo él, levantándose—. Ya gasté una fortuna hoy con la multa.

Paulo había leído en la sonrisa de Karla que tenía que disfrazar su alegría. Por eso dijo lo primero que se le ocurrió:

—Aquí las mujeres siempre dividen la cuenta. No fuimos criadas como objetos sexuales. Y a ti te multaron porque no me escuchaste. Está bien, no quiero que me escuches; hoy yo pago la cuenta.

Qué mujer tan aburrida, pensó Paulo; siempre tiene una opinión para todo; pero en verdad adoraba la manera en que ella afirmaba su independencia a cada segundo.

Mientras caminaban de regreso a la agencia, le preguntó si ella realmente creía que podían llegar a Nepal, un lugar tan lejano, pagando un pasaje tan barato.

—Hace algunos meses tenía mis dudas, incluso después de que vi el recorte que anunciaba los autobuses para la India, Nepal y Afganistán, siempre alrededor de setenta a cien dólares. Hasta que leí en el *Ark*, una revista alternativa, el relato de alguien que fue y vino, y sentí unas ganas inmensas de hacer lo mismo.

Evitó decir que estaba pensando ir y volver solamente al cabo de muchos años. A Paulo podía no gustarle la idea de regresar solo a través de los miles de kilómetros que lo separaban de su destino de viaje.

Pero tendría que adaptarse; vivir es adaptarse.

El famoso *Magic Bus* nada tenía de mágico y no correspondía en nada a los carteles que había visto en la agencia: carrocería de colores llena de dibujos y frases. Era sólo un autobús que debió haber servido de transporte escolar, con asientos no reclinables y un estrado en la parte de arriba donde estaban amarrados galones de gasolina y neumáticos extra.

El conductor reunió al grupo; tal vez unas veinte personas. Todas parecían haber salido de la misma película, aunque sus edades podían variar desde menores de dieciocho años que huían de casa (había dos chicas en esa condición, y no se les exigió ningún documento) hasta un señor que mantenía los ojos fijos en el horizonte, con aspecto de haber alcanzado ya la tan esperada iluminación y ahora haber decidido dar un paseo, un largo paseo.

Eran dos conductores: uno que hablaba con acento inglés y otro con toda la pinta de ser indio.

—Aunque deteste las reglas, vamos a tener que obedecerlas. La primera: nadie puede llevar drogas después de pasar la frontera. En algunos países eso significa prisión, pero en otros, como en los de África, puede significar la muerte por decapitación. Espero que hayan entendido bien el mensaje.

El conductor se detuvo a ver si habían entendido. Las personas parecían haber despertado de pronto.

—Abajo, en el lugar del equipaje, llevo galones de agua y raciones del ejército. Cada ración contiene carne en puré, galletas, barra de cereales con fruta, una barra de chocolate con nueces o caramelo, jugo de naranja en polvo, azúcar y sal. Prepárense para la comida fría durante buena parte del viaje después de que crucemos Turquía.

Las visas son proporcionadas en las fronteras: son visas de tránsito. Hay que pagarlas, pero no son exageradamente caras, dependiendo del país. En Bulgaria, que está bajo el régimen comunista, nadie puede bajarse del autobús. Hagan sus necesidades fisiológicas antes, porque no voy a parar."

El conductor consultó el reloj.

—Hora de partir. Lleven sus mochilas adentro, con ustedes; y espero que hayan traído sacos de dormir. Paramos de noche, a veces en gasolineras que conozco, pero la mayoría de las ocasiones en el campo, cerca de la carretera. En algunos lugares donde ni una ni otra opción son posibles, como en Estambul, Turquía, conocemos hoteles baratos.

—¿No podemos poner las mochilas en el techo del autobús para tener más espacio para las piernas?

—Claro que sí, pero no te sorprendas si ya no estuvieran ahí cuando paremos para desayunar. Allá adentro, en el fondo del autobús, tenemos espacio para el equipaje. Una sola maleta, como les fue informado en la parte de atrás del folleto que traía el mapa de viaje. Y el agua potable no está incluida en el precio del pasaje, así que espero que todos hayan traído sus botellas. Siempre podrán llenarlas en las gasolineras.

—¿Y si pasa algo?

—¿Como qué?

—Que alguno de nosotros se enfermara, por ejemplo.

—Tenemos un equipo de primeros auxilios. Pero, como su nombre lo indica, son PRIMEROS AUXILIOS. Lo suficiente para llegar a una ciudad y dejar al enfermo allá. Por lo tanto, tengan cuidado, mucho cuidado con el cuerpo, así como imaginan que lo hacen con el alma. Creo que todos tienen vacunas contra la fiebre amarilla y la viruela.

Paulo tenía la primera; ningún brasileño podía dejar su país sin tomarla, porque los extranjeros tal vez los creyeran infectados por todo tipo de enfermedades. Pero no se había puesto la vacuna de la viruela ya que en su país se creía que una de las enfermedades infantiles —el sarampión— inmunizaba el cuerpo.

Sea como fuera, el conductor no le pidió el certificado médico a nadie. Las personas fueron entrando y escogiendo sus lugares. Más de una puso su mochila en el asiento de al lado, pero fueron confiscadas por el conductor y arrojadas a la parte de atrás.

—Otras personas van a abordar en el camino, egoístas.

Las chicas que parecían menores de edad, posiblemente con pasaportes falsos, se sentaron juntas. Paulo se sentó con

Karla y lo primero que hicieron fue organizar un sistema de turnos para ver quién iría del lado de la ventana. Karla sugirió que cambiaran de lugar cada tres horas y que durante la noche, para poder dormir bien, ella se sentaría junto a la ventana. Paulo entendió que era una propuesta inmoral e injusta, porque ella tendría donde apoyar la cabeza. Quedó acordado que se turnarían cada noche el puesto de la ventana.

El conductor arrancó y el autobús escolar, transformado en algo romántico solo por su nombre, *Magic Bus*, comenzó el viaje de miles de kilómetros que los llevaría al otro lado del mundo.

—Mientras el conductor hablaba, no tuve la sensación de estar partiendo a una aventura, sino al servicio militar obligatorio que somos forzados a hacer en Brasil —le dijo a su compañera, recordando la promesa que había hecho cuando descendió de los Andes en autobús y de las muchas veces que no la había cumplido.

El comentario irritó a Karla, pero no podía pelear ni cambiarse de lugar a los cinco minutos de viaje. Sacó el libro de su bolsa de mano y comenzó a leer.

—Entonces, ¿estás contenta de estar yendo adonde querías? Por cierto, el sujeto de la "agencia" nos engañó, todavía hay asientos vacíos.

—No nos engañó, lo oíste decir que otras personas van a abordar en el camino. Y no estoy yendo al lugar que quería, estoy regresando.

Paulo no entendió la respuesta y ella no la explicó; entonces decidió dejarla en paz y se concentró en la inmensa planicie a su alrededor, cortada por canales en todos lados.

¿Por qué Dios hizo el mundo y los holandeses hicieron Holanda? ¿No había tanta tierra en el planeta esperando ser habitada?

Dos horas después, todos habían hecho amistad con los demás, o por lo menos se habían presentado, ya que un grupo de australianos, aunque simpáticos y sonrientes, no estaba muy interesado en conversar. Karla tampoco; fingía que estaba leyendo aquel libro cuyo nombre ya había olvidado, pero solo debía estar pensando en el destino, en la llegada a los Himalayas, a miles de kilómetros de distancia. Paulo sabía por experiencia que eso era capaz de causar ansiedad, pero no dijo nada; siempre que no descargara su mal humor en él, todo estaría bien. En caso contrario, se cambiaría de lugar.

En el asiento de atrás estaban dos franceses, un padre con su hija, que parecía neurótica, pero entusiasmada; al lado, una pareja de irlandeses. El muchacho se presentó de inmediato y aprovechó para decir que había hecho el viaje una vez y que ahora llevaba a su novia porque, según él, Katmandú, "si logramos llegar allá, claro", era un lugar donde se debería permanecer por lo menos dos años. Él había regresado antes a causa de su empleo, pero ahora había dejado todo, vendió su colección de carros en miniatura, obtuvo un buen dinero con eso (¿la colección de carros en miniatura daba dinero?), había devuelto el departamento, motivó a su novia a acompañarlo y tenía una sonrisa de oreja a oreja.

Karla escuchó aquello del "lugar donde se debería permanecer por lo menos dos años" e, interrumpiendo la fingida lectura del libro, preguntó el motivo.

Rayan, como se llamaba el irlandés, explicó que en Nepal sintió que se había salido del tiempo, entrado en una realidad paralela, donde todo era posible. Mirthe, la novia de Rayan, no era simpática ni antipática, pero seguramente no estaba muy convencida de que Nepal fuera el sitio donde debería vivir los años siguientes.

Pero, por lo visto, su amor era más fuerte.

—¿Qué quieres decir con realidad paralela?

—Ese estado de espíritu que posee tu cuerpo y tu alma cuando sientes que estás feliz, con el corazón lleno de amor. De repente, todo lo que forma parte de lo cotidiano pasa a tener un sentido diferente; los colores son más brillantes, lo que antes te molestaba, como el frío, la lluvia, la soledad, el estudio, el trabajo, todo parece nuevo. Porque, por lo menos por una fracción de segundo, entraste en el alma del universo y te deleitaste con el néctar de los dioses.

El irlandés parecía contento de tener que explicar con palabras algo que solo puede vivirse cuando se experimenta. Mirthe parecía no estar muy contenta con la conversación con la holandesa bonita; estaba entrando en una realidad paralela opuesta, aquella que hace que todo parezca feo y opresor de un momento a otro.

—Existe otro lado también, cuando los pequeños detalles cotidianos se transforman en grandes problemas inexistentes —continuó Rayan, como si estuviera adivinando el estado de espíritu de su novia—. No existe solo una, sino muchas realidades paralelas. Estamos en un autobús porque así lo elegimos, tenemos miles de kilómetros frente a nosotros y podemos escoger cómo viajar: en busca de un sueño que antes parecía imposible o pensando que los asientos son incómodos y las personas aburridas. Todo lo que imaginemos ahora se manifestará durante el resto del viaje.

Mirthe fingió que no había entendido la indirecta.

—Cuando estuve en Nepal por primera vez parecía que tenía un contrato con Irlanda y ese acuerdo no había sido roto. Una voz se la pasaba diciéndome: "Vive esto ahora. Aprovecha cada segundo porque vas a volver a tu tierra. No olvides tomar fotografías para mostrar a tus amigos cuán determinado y valiente fuiste, y que viviste cosas que a ellos les gustaría vivir, pero no tienen el coraje para hacerlo".

"Hasta que un día fui a visitar una caverna en los Himalayas junto con otras personas. Para nuestra sorpresa, en un lugar donde prácticamente nada crece, había una pequeña flor, del tamaño de la mitad de un dedo. Creímos que eso era un milagro, una señal, y para demostrar respeto decidimos unir nuestras manos y cantar un mantra. En pocos segundos, la caverna parecía vibrar, el frío ya no molestaba, las montañas que estaban lejos se aproximaron. ¿Por qué pasó eso? Porque las personas que vivieron ahí antes dejaron una vibración de amor casi palpable, capaz de influir en cualquier persona o cosa que entrara a ese lugar. Como aquella semilla de la flor que el viento había traído; como si el deseo, el inmenso deseo que todos teníamos de que el mundo allá afuera fuese algo mejor, estuviera tomando forma y permeándolo todo".

Mirthe ya debía haber oído esa historia muchas veces, pero Paulo y Karla seguían fascinados por las palabras de Rayan.

—No sé cuánto tiempo duró aquello, pero cuando volvimos al monasterio donde estábamos hospedados y contamos lo que nos había pasado, uno de los monjes dijo que ahí había vivido durante décadas alguien a quien se referían como santo. Dijeron también que ahora el mundo cambiaba y que todas las pasiones, absolutamente todas, serían más intensas. El odio sería más fuerte y más destructivo y el amor mostraría su rostro con más brillo.

El conductor interrumpió la conversación diciendo que, en teoría, ahora debían seguir hacia Luxemburgo y pasar ahí la noche, pero imaginaba que nadie tenía el principado como meta y, por lo tanto, continuaría el viaje y dormirían a la intemperie, cerca de una ciudad alemana, Dortmund.

—Voy a parar en poco tiempo para que puedan comer algo; mientras tanto, llamaré por teléfono a la oficina, avisando que los próximos pasajeros se preparen para abordar antes de la hora. Si nadie va a Luxemburgo, nos ahorraremos preciosos kilómetros.

Fue ovacionado. Mirthe y Rayan iban a volver a sus lugares cuando Karla los interrumpió.

—¿Pero no podrías saltar a una realidad paralela solo meditando y entregando tu corazón a la Divinidad?

—Hago eso todos los días. Pero también pienso todos los días en la caverna. En los Himalayas. En los monjes. Creo que ya cumplí mi tiempo en lo que llaman civilización occidental. Estoy en busca de una nueva vida. Además, ahora que el mundo está efectivamente cambiando, tanto las emociones positivas como las negativas surgirán con mucha fuerza y yo... quiero decir, nosotros, no estamos dispuestos a encarar el lado malo de la vida.

—No hay necesidad —dijo Mirthe, participando por primera vez en la conversación y demostrando, en la práctica, que en pocos minutos había logrado superar el veneno de los celos.

En cierta forma, Paulo sabía todo eso. Había experimentado cosas semejantes; la mayoría de las veces en que pudo elegir entre la venganza y el amor, había escogido el amor. No siempre fue la opción correcta: a veces lo consideraba cobardía, a veces él mismo se sentía más motivado por el miedo que por el deseo sincero de mejorar el mundo. Era un ser humano con todas sus fragilidades; no entendía todo lo que ocurría en su vida, pero tenía muchos deseos de creer que estaba en busca de la luz.

Por primera vez desde que había entrado a aquel autobús entendió que ya estaba escrito, que tenía que hacer ese viaje, conocer a esas personas, hacer una cosa que acostumbraba pregonar, pero que no siempre tenía el valor de hacer: entregarse al universo.

Poco a poco, las personas terminaron por formar sus grupos. En algunos casos por el idioma, en otros porque había algún interés no verbal en algún juego, sexo, por ejemplo. Excepto por las dos chicas —seguramente menores de edad, que procuraban permanecer ajenas a todo y a todos, justo porque se creían el centro de atención, cosa que no eran—, los cinco primeros días pasaron rápido, porque todos se descubrían entre sí e intercambiaban experiencias. La monotonía no estaba a bordo y la rutina se rompía con paradas solo en las gasolineras para reabastecimiento del autobús y de las botellas de agua, para uno u otro sándwich y un refresco, y para las idas al baño. El resto eran conversaciones, conversaciones y más conversaciones.

Y todos dormían bajo las estrellas, la mayor parte de las veces sintiendo mucho frío, pero contentos de poder mirar el cielo, a sabiendas de que lograban conversar con el silencio, dormir en compañía de ángeles casi visibles, dejar de existir por algunos instantes —aunque fuera solo por fracciones de segundo— para sentir la eternidad y el infinito alrededor.

Paulo y Karla se juntaron con Rayan y Mirthe; mejor dicho, Mirthe se juntó a regañadientes, porque ya había escuchado muchas veces en la vida aquella historia de las realidades paralelas. Por lo tanto, su presencia ahí se resumía a ejercer una vigilancia constante sobre su hombre para no verse obligada a regresar a medio camino porque no había conseguido algo muy simple: seguir siendo una mujer interesante, aún después de casi dos años juntos.

Paulo también había notado el interés del irlandés, que en la primera oportunidad preguntó sobre la relación de ellos, y recibió una respuesta directa de Karla:

—Ninguna.

—¿Buenos amigos?

—Ni eso. Solo compañeros de viaje.

¿Y no era verdad? Decidió aceptar las cosas como eran y hacer a un lado un romanticismo fuera de lugar. Eran como dos marineros navegando hacia algún país; aunque ocuparan el mismo camarote, uno dormía en la litera de abajo y el otro en la de arriba.

Cuanto más se interesaba Rayan por Karla, más insegura y furiosa se sentía Mirthe —sin demostrar nada, claro, porque eso significaría una señal inaceptable de sumisión— y comenzó a acercarse a Paulo, sentándose a su lado mientras conversaban y, de vez en cuando, poniendo la cabeza en su hombro cuando Rayan contaba todo lo que había aprendido después de regresar de Katmandú.

—¡Qué maravilla!

Después de seis días de viaje, el ánimo comenzó a dar paso al aburrimiento y la rutina se escabulló y llenó el ambiente. Ahora que nadie tenía más novedades que contar, creían que no habían hecho casi nada además de comer, dormir a la intemperie, tratar de encontrar una posición mejor en su asiento, abrir y cerrar las ventanas debido al humo de los cigarrillos, aburrirse con sus propias historias y con las conversaciones de los demás, que nunca perdían oportunidad de soltar una pequeña crítica aquí y allá, como hacen siempre los seres humanos cuando están en manada, aunque sea pequeña y llena de buenas intenciones, como esa.

Hasta que surgieron las montañas. Y el valle. Y el río que corría por el despeñadero. Alguien preguntó dónde estaban, y el indio dijo que acababan de entrar en Austria.

—Dentro de poco vamos a descender y a parar cerca del río que corre ahí al centro, para que todos puedan darse un baño. Nada mejor que el agua helada para convencer a las personas de que tienen sangre que les corre en las venas y pensamientos que pueden ser expulsados.

Todos se animaron con la idea de la desnudez completa, la libertad absoluta y el contacto sin intermediarios con la naturaleza.

El conductor entró por un camino pedregoso; el autobús se balanceaba de un lado a otro y muchas personas gritaron con miedo de que se volcaran; pero el conductor solo reía. Finalmente llegaron a la orilla de un riachuelo —o, mejor, un brazo del río que salía del lecho, formando una pequeña curva donde las aguas eran más tranquilas y luego regresaban a la corriente principal.

—Tienen media hora. Aprovechen para lavar lo que están usando.

Todos corrieron a por sus mochilas; era parte de cualquier equipaje *hippie* una pequeña toalla de mano, cepillo de dientes y pedazos de jabón, ya que siempre terminaban acampando en lugar de quedarse en un hotel.

—Es gracioso ese mito de que no nos bañamos. Posiblemente somos más limpios que la mayoría de los burgueses que nos acusan.

¿Acusan? ¿Y a quién le importaba eso? El simple hecho de aceptar críticas ya le daba poder a quien criticaba. La persona que había hecho aquel comentario recibió una serie de miradas furiosas; nunca ponían la menor atención a lo que los otros decían, lo que era una verdad a medias, porque les gustaba llamar la atención con sus ropas y sus flores, aquella sensualidad expresa y provocativa a cada paso, los escotes con los que se insinuaban los senos sin sostén, y cosas de ese tipo. Y faldas largas, porque daban un toque más sensual y más elegante, según habían decidido los estilistas colectivos, cuyos nombres nadie sabía. La sensualidad, por cierto, no era una forma de atraer hombres, sino de estar orgullosas de sus cuerpos y hacer que todos lo notaran.

Quien no traía toalla terminó agarrando camisetas de repuesto, camisas, suéteres, ropa interior, en fin, cualquier prenda que permitiera secar el agua del cuerpo. Enseguida descendieron, y a medida que caminaban por la orilla se iban quitando completamente la ropa; excepto, claro, las dos chicas, que también se quitaron la ropa de arriba, pero conservaron sus pantaletas y sus sostenes.

Hacía un viento necio y relativamente fuerte; el conductor dijo que el lugar era alto y seco, y que la humedad y la corriente de agua ayudarían a que todo se secara más rápido.

—Por eso escogí parar aquí.

Nadie que pasara por la carretera allá arriba podía ver lo que estaba ocurriendo. Las montañas impedían que el sol se mostrara, pero la belleza era tanta —rocas a ambos lados, pinos sujetados a ellas, piedras pulidas por siglos de fricción— que lo primero que hicieron fue lanzarse, sin pensar, al agua fría, de un solo golpe, gritando, lanzándose agua unos a otros. Fue un momento de comunión entre los diversos grupos que se habían formado, como diciendo: "Por eso vivimos en peregrinación, porque pertenecemos a un mundo que detesta estar parado".

Si nos quedamos en silencio una hora, comenzaremos a escuchar a Dios, pensó Paulo. Pero si gritamos de alegría, Dios también nos escuchará y vendrá a bendecirnos.

El conductor y su asistente, que ya debían haber visto infinidad de veces los cuerpos desnudos de jóvenes que no tenían el menor pudor en mostrarse, dejaron al grupo tomando su baño y fueron a ver si todo estaba perfecto con la presión de los neumáticos y el nivel de aceite.

Era la primera vez que Paulo veía a Karla desnuda y tuvo que controlarse para que no le dieran celos. Sus senos no eran muy grandes ni muy pequeños. Recordó a la modelo que había visto en la sesión de fotografías en Dam; Karla era mucho, muchísimo más bella.

Pero la verdadera reina era Mirthe, con sus piernas largas, sus proporciones perfectas, una diosa que cayó en un valle cualquiera en medio de los Alpes, en Austria. Ella sonrió cuando notó que Paulo la observaba, y él sonrió de vuelta, consciente de que todo aquello no pasaba de un juego para provocar los celos de Rayan y hacer que se apartara de la tentadora holandesa. Como todos sabemos, un juego con segundas intenciones se puede transformar en realidad. Y por un momento Paulo soñó con aquello, y decidió que de ahí en adelante invertiría más en la mujer que, por su voluntad, cada vez se acercaba más a él.

Los viajeros lavaron su ropa. La pareja de chicas aburridas fingió que no veía a un grupo de más de veinte personas desnudas a su lado y de repente parecían haber encontrado algún asunto interesantísimo de conversación. Paulo lavó y retorció su camisa y sus calzoncillos; pensó en lavar su pantalón y ponerse el de repuesto que siempre llevaba consigo, pero creyó mejor dejarlo para el próximo baño colectivo; los jeans servían para todo, pero no se secaban rápido.

Descubrió lo que parecía una pequeña capilla en lo alto de una de las montañas y los trazos en la vegetación provocados por ríos provisionales que debían correr por ahí durante la primavera, cuando las nieves se derretían. De momento, eran como senderos de arena que venían de lo alto.

El resto era un caos absoluto, el caos de las piedras negras mezcladas con otras piedras, sin orden alguno, sin ninguna estética, lo que las hacía particularmente bellas. No estaban intentando nada, ni siquiera organizarse o acomodarse para resistir mejor los constantes ataques de la naturaleza. Podían haber estado ahí hacía millones de años o solo dos semanas. Las señales en la carretera advertían a los conductores tener cuidado con los deslaves, lo que significaba que las montañas todavía estaban en construcción, vivas... Las piedras se buscaban unas a otras como hacen los seres humanos.

El caos era bello, era la fuente de la vida; era como él imaginaba el universo allá afuera, y también dentro de sí mismo. Era una belleza que no era fruto de comparaciones, de oraciones ni de deseos; solo una manera de vivir su larga vida bajo la forma de piedras, de pinos que amenazaban con despeñarse de las montañas, pero que debían estar ahí hacía muchos años porque sabían que eran bienvenidos, agradables a los ojos de las piedras, y ambos adoraban la compañía del otro.

—Allá arriba hay una iglesia o una ermita —comentó alguien.

Sí, todos la habían visto, pero creían que había sido un descubrimiento solo suyo, y ahora sabían que no y se preguntaban en silencio si alguien vivía ahí o había sido abandonada hacía muchos años, por qué habían pintado de blanco un lugar donde las rocas eran negras, cómo habían logrado llegar hasta la cima para construirla; en fin, ahí estaba la ermita, la única cosa diferente del caos primario alrededor.

Y ahí se quedaron, mirando los pinos y las rocas, procurando descubrir dónde estaba la cumbre de aquellas montañas a ambos lados, vistiendo ropa limpia y entendiendo, una vez más, que el baño es capaz de curar muchos dolores que insisten en permanecer estancados en la mente.

Hasta que sonó la bocina. Era hora de reanudar el viaje, algo que la belleza del lugar los había hecho olvidar.

Por lo visto, Karla era obsesiva con ciertos asuntos.

—¿Pero cómo fue que aprendiste eso de las realidades paralelas? Porque una cosa es tener una epifanía, una revelación en una caverna, y otra bien distinta es recorrer de nuevo estos miles de kilómetros. No se puede tener una experiencia espiritual en un solo lugar; Dios está en todas partes.

—Sí, Dios está en todas partes. Yo siempre lo tengo cerca cuando camino por los campos de Dooradoyle, el lugar donde mi familia vive desde hace varios siglos, o cuando voy a Limerick a ver el mar.

Estaban sentados en un restaurante a la orilla de la carretera, cerca de la frontera con Yugoslavia, donde había nacido y crecido un gran amor de su vida. Hasta el momento, nadie —ni siquiera Paulo— había tenido problemas con las visas. Sin embargo, por ser un país comunista, ahora estaba inquieto, aunque el conductor dijera que nadie se preocupara; Yugoslavia, al contrario de Bulgaria, estaba fuera de la Cortina de Hierro. Mirthe estaba al lado de Paulo, Karla al lado de Rayan, y todos mantenían un aire de "todo está bien", aun a sabiendas de que quizá estuviera en camino algún cambio de parejas. Mirthe había dicho que no pretendía quedarse mucho tiempo en Nepal. Karla afirmó que tal vez estuviera yendo ahí para nunca más volver.

Rayan continuó:

—Cuando vivía en Dooradoyle, una ciudad que ustedes deberían conocer un día, aunque llueva mucho, creí que estaba destinado a pasar el resto de mis días ahí, como mis padres, que ni siquiera fueron a Dublín a conocer la capital de su país, o como mis abuelos, que vivían en el campo, nunca vieron el mar y creían que Limerick era una ciudad "demasiado grande". Durante años hice lo que me pedían: ir a la escuela, trabajar en un minisúper, jugar rugby porque la ciudad tenía un equipo local que se esforzaba, pero que nunca consiguió clasificarse para la gran liga nacional, ir a la iglesia católica porque formaba parte de la cultura y de la identidad de mi país, al contrario de los que viven en Irlanda del Norte.

"Estaba acostumbrado a eso; salía los fines de semana para ver el mar. Aun siendo todavía menor de edad, tomaba cerveza porque conocía al dueño del pub, y me iba condicionando a aceptar mi destino final. Al cabo, qué hay de malo en llevar una vida calmada y tranquila, mirando aquellas casas construidas tal vez por el mismo arquitecto, saliendo de vez en cuando con una chica, yendo a los establos fuera del pueblo y descubriendo el sexo; sin gracia o no, era sexo, eran orgasmos, aunque tuviera miedo de penetrarla y acabara castigado por mis padres y por Dios.

En los libros de aventuras, todos siguen sus sueños, van a lugares increíbles, pasan por algunos momentos difíciles, pero terminan volviendo victoriosos y cuentan sus historias de batalla en los mercados, en los teatros, en las películas; en fin, en todos los lugares donde exista alguien para escucharlas. Leemos esos libros y pensamos: así va a ser mi destino, terminaré conquistando el mundo, me haré rico, volveré a mi tierra como un héroe, todos me tendrán envidia, respeto por lo que hice. Las mujeres sonreirán cuando yo pase, los hombres se quitarán el sombrero y me pedirán que cuente por milésima vez lo que ocurrió en esta o aquella situación, cómo fui capaz de aprovechar la única oportunidad que tuve en mi vida para transformarla en millones y millones de dólares. Pero esas cosas solo suceden en los libros de aventuras.

El indio (o árabe) que alternaba el volante con el conductor principal vino a sentarse con ellos. Rayan continuó su historia.

—Serví al ejército, como la mayoría de los muchachos de mi ciudad. ¿Cuántos años tienes?

—Veintitrés. Pero yo no serví; recibí una dispensa porque mi padre consiguió algo que llamamos "tercera categoría", o sea, reservista de reservista, y pude pasar ese tiempo viajando. Imagino que desde hace doscientos años Brasil no entra en una guerra.

—Yo sí serví —dijo el indio—. Desde que conseguimos nuestra independencia, mi país no ha salido de una guerra, no declarada, con su vecino. Todo por culpa de los ingleses.

—Todo es siempre culpa de los ingleses —estuvo de acuerdo Rayan—. Ellos todavía ocupan la parte norte de mi país, y el año pasado, justamente cuando había regresado de un paraíso llamado Nepal, los problemas se agravaron. Ahora Irlanda está en pie de guerra, después de que hubo confrontaciones entre católicos y protestantes. Están enviando tropas para allá.

—Continúa lo que estabas contando —interrumpió Karla—. ¿Cómo terminaste yendo a Nepal?

—Malas influencias —dijo Mirthe, riendo. Rayan también se rio.

—Tiene toda la razón. Mi generación fue creciendo y mis amigos de la escuela comenzaron a emigrar a América, donde nuestra comunidad es inmensa y todo el mundo tiene un tío, un amigo, una familia.

—No me vas a decir que eso también es culpa de los ingleses.

—Eso también es culpa de los ingleses —fue el turno de Mirthe de entrar en la conversación—. Intentaron matar de hambre dos veces a nuestro pueblo. La segunda vez, en el siglo XIX, pusieron un tipo de peste en la papa, nuestro sustento principal, y la población comenzó a adelgazar. Se calcula es que un octavo de la población murió de hambre. ¡DE HAMBRE! Y dos millones de personas tuvieron que emigrar para tener qué comer. Gracias a Dios, de nuevo, América nos recibió con los brazos abiertos.

Aquella chica, que parecía una diva venida de otro planeta, comenzó a discurrir sobre las dos epidemias de hambruna, algo de lo que Paulo nunca había oído hablar. Miles de muertos, nadie que apoyara al pueblo, luchas de independencia y cosas de ese tipo.

—Me gradué en historia —dijo ella. Karla intentó hacer que volvieran a lo que le interesaba, Nepal y la realidad paralela, pero Mirthe no paró hasta que no terminó de explicar a todos cuánto había sufrido Irlanda, cuántos cientos de miles de personas habían muerto de hambre, cómo los grandes líderes revolucionarios fueron fusilados en dos intentos de sublevación y cómo finalmente un estadounidense (¡sí, un estadounidense!) consiguió un tratado de paz para una guerra que no terminaba nunca.

—Pero eso nunca más, NUNCA MÁS va a volver a ocurrir. Nuestra resistencia mejoró mucho. Tenemos al IRA y vamos a llevarles nuestra guerra a su tierra, con bombas, asesinatos, todo lo que sea posible. Tarde o temprano, en cuanto consigan una buena excusa, tendrán que sacar sus botas inmundas de nuestra isla —y, dirigiéndose al indio—: Como hicieron en tu tierra.

El indio —llamado Rahul— iba a comenzar a contar lo que había sucedido allá, pero esta vez Karla habló en un tono más fuerte y decidido:

—¿No podemos dejar que Rayan termine su historia?

—Mirthe tiene razón: fueron "malas influencias" las que me hicieron ir a Nepal por primera vez. Cuando servía en el ejército, acostumbraba ir a un pub en Limerick, cerca del cuartel. Ahí había de todo: juego de dardos, billar, vencidas, cada uno intentando mostrar al otro qué tan macho era y cómo estaba listo para cualquier desafío. Uno de los parroquianos era un oriental que casi no hablaba, solo bebía dos o tres vasos de nuestro monumento nacional, la cerveza negra Guinness, y salía antes de que el dueño del bar tocara la campana anunciando que se acercaban las once de la noche y era hora de cerrar.

—Culpa de los ingleses.

Efectivamente, la tradición de cerrar a las once de la noche había sido establecida por Gran Bretaña antes de la guerra, para impedir que los pilotos borrachos atacaran Alemania o los soldados indisciplinados terminaran despertando atrasados y desmoralizando al ejército.

—Un bello día, ya cansado de escuchar las mismas historias acerca de cómo todos se estaban preparando para ir a América en cuanto fuera posible, pedí permiso y me senté en la mesa del oriental. Así nos quedamos, quizá media hora; imaginaba que él no hablaba inglés y no quería forzarlo. Pero antes de irnos ese día dijo una cosa que se me quedó en la cabeza: "Estás aquí, pero tu alma está en otro lugar: en mi tierra. Ve al encuentro de tu alma".

"Yo estuve de acuerdo, levanté el vaso en señal de saludo, pero no entré en mayores detalles; mi rígida educación en el catolicismo me impedía imaginar cualquier cosa que no fuera el cuerpo y el alma unidos esperando ir al encuentro de Cristo después de la muerte. Los orientales tienen esa manía, pensé.

—Sí la tenemos —comentó el indio.

Rayan se dio cuenta de que lo había ofendido y decidió autoflagelarse.

—Y nosotros tenemos una todavía peor, que es creer que el cuerpo de Cristo está en un pan. No te enojes conmigo.

El indio hizo un gesto con la mano, como diciendo "no tiene la menor importancia", y Rayan finalmente pudo terminar una parte de su historia; sólo una parte, porque en breve todos serían interrumpidos por la energía del mal.

—En fin, yo ya estaba dispuesto a volver a mi pueblo, cuidar de los negocios, mejor dicho, de la lechería de mi padre, mientras que el resto de mis amigos terminaría atravesando el Atlántico y viendo la Estatua de la Libertad que los recibía, pero el comentario del oriental no salió de mi cabeza aquella noche. Porque en verdad, por más que yo intentara decir que todo estaba bien y algún día me casaría con una muchacha, tendríamos hijos y nos quedaríamos lejos de ese ambiente donde vivía lleno de humo e improperios, no conocía siquiera otras ciudades además de Limerick y Dooradoyle. Jamás había tenido la curiosidad de detenerme en el camino y, por lo menos, pasear por los pueblos, mejor dicho, los villorrios que quedaban entre las dos.

»Pensaba que era suficiente, más seguro y más barato viajar en los libros o en las películas; nadie en este planeta podía contemplar campos tan lindos como los que me rodeaban. Aun así, volví al pub al día siguiente, me senté en la mesa del oriental e, incluso sabiendo que ciertas preguntas implican un riesgo inmenso de ser respondidas, le pregunté qué había querido decir. ¿Dónde quedaba su tierra?".

—En Nepal.

—Cualquier estudiante de segundo grado sabe que existe un lugar llamado Nepal, pero aprendió u olvidó el nombre de su capital y lo único que recuerda es que queda muy lejos. Podia ser en América del Sur, en Australia, en África o en Asia, pero con toda seguridad no quedaba en Europa, o ya habría conocido a alguien de ahí, visto una película o leído un libro.

Le pregunté qué había querido decir con su comentario del día anterior. Él quiso saber cuál comentario; no se acordaba bien. Se lo repetí y se quedó mirando fijamente su vaso de Guinness sin decir nada durante largos minutos, hasta que rompió el silencio: 'Si dije eso, tal vez debas ir a Nepal'. '¿Y cómo se llega allá?' 'De la misma forma en que llegué aquí: en autobús'.

Y me fui. Al día siguiente, cuando quise sentarme en su mesa para saber mejor la historia del alma esperándome tan lejos, dijo que prefería estar solo, como de hecho hacía todas las noches.

Si era un lugar al que se podía llegar en autobús y era posible conseguir una compañía para ir allá, quién sabe si un día no terminaría visitando ese país.

Fue cuando conocí a Mirthe, en Limerick, sentada en el mismo lugar donde yo me quedaba a contemplar el mar. Pensé que ella no tendría ningún interés en un tipo del interior cuyo destino no era el Trinity College, en Dublín, donde ella estaba terminando sus estudios, sino el O'Connell Dairy Milk, en Dooradoyle. Nuestra conexión fue inmediata, y en una de nuestras conversaciones comenté sobre el extraño sujeto de Nepal y lo que me había dicho. Pronto regresaría a casa definitivamente y todo aquello —Mirthe, el pub, los amigos del ejército—, todo sería solo una etapa en mi vida. Pero Mirthe me sorprendió con su cariño, con su inteligencia y, ¿por qué no decirlo?, con su belleza. Si ella creía que yo merecía su compañía, eso me daría seguridad y más confianza en mí mismo en el futuro.

En un largo fin de semana, una semana antes de que acabara el servicio militar, ella me llevó a Dublín. Conocí el lugar donde había vivido el autor de *Drácula* y su Trinity College, algo más grande de lo que yo podía soñar. En uno de los pubs cerca de la universidad, nos quedamos bebiendo hasta que el dueño tocó la campana, mientras yo miraba en las paredes las fotografías de los autores que habían hecho historia en nuestra tierra: James Joyce, Oscar Wilde, Jonathan Swift, Yeats, Samuel Beckett, Bernard Shaw. Al final de nuestra conversación, ella me extendió un papel diciéndome cómo llegar a Katmandú: había un autobús que salía cada quince días de la estación del metro de Totteridge & Whetstone.

Creí que ya se había cansado de mí, que quería verme lejos, muy lejos, y tomé el papel sin la menor intención de ir a Londres.

Escucharon a un grupo de motocicletas que llegaron y aceleraban al máximo con la marcha puesta en punto muerto. Desde donde estaban sentados no podían ver cuántas eran, pero el sonido era agresivo y fuera de lugar. El encargado del restaurante comentó que cerrarían ya, pero nadie en las otras mesas se había movido.

Rayan fingió no haber escuchado y continuó su historia.

—Mirthe me sorprendió con su comentario: "Descontando el tiempo del viaje, que no voy a comentar ahora para que no te desanimes, quiero que vuelvas de allá exactamente después de dos semanas. Yo te estaré esperando, pero si no llegas en la fecha que pienso que debes llegar, nunca más me verás".

Mirthe se rio. No habían sido exactamente esas sus palabras; más bien había sido algo como: "Ve a encontrar tu alma, porque yo ya encontré la mía". Y lo que no dijo ese día, ni diría ahora, fue: "Mi alma eres tú. Estaré rezando todas las noches para que regreses con seguridad, nos encontremos y tú nunca más quieras irte de mi lado, porque tú me mereces y yo te merezco".

—¿Ella me estaría esperando? ¿A mí, el futuro dueño de la O'Connell Dairy Milk? ¿Qué interés podía tener en un tipo con tan poca cultura y tan poca experiencia? ¿Por qué era tan importante que yo siguiera el consejo de un sujeto extraño que encontré en un pub?

Pero Mirthe sabía lo que estaba haciendo. Porque en el momento en que puse un pie en ese autobús, después de haber leído todo lo que encontrara sobre Nepal, y después de haberles mentido a mis padres diciéndoles que el ejército había extendido mi tiempo de servicio por mal comportamiento y me habían enviado a una de sus bases más remotas, en la cadena de los Himalayas, volví siendo otra persona. Me marché como un pueblerino y volví como un hombre. Mirthe me fue a esperar, dormimos en su casa y desde entonces nunca más nos separamos.

—Ese es el problema —dijo ella, y todos en la mesa sabían que estaba siendo sincera—. Claro que yo no quería a un idiota a mi lado, pero tampoco esperaba que alguien me dijera: "Ahora es tu turno de volver allá conmigo".

Ella se rio.

—¡Y, lo que es peor, que yo aceptara!

Paulo ya estaba incómodo porque estaba sentado al lado de Mirthe, con las piernas tocándose y, de vez en cuando, ella le acariciaba la mano. La mirada de Karla ya no era la misma; ése no era el hombre que estaba buscando.

—Y ahora, ¿hablamos de las realidades paralelas?

Pero el restaurante había sido ocupado por cinco personas vestidas de negro, las cabezas rapadas, cadenas en la cintura y tatuajes de cosas como espadas y estrellas ninjas, que se habían dirigido a la mesa y rodeado al grupo sin decir nada.

—Aquí está su cuenta —dijo el encargado del restaurante.

—Pero todavía no terminamos de comer —refutó Rayan—. Ni siquiera pedimos la cuenta.

—Yo la pedí.

Era uno del grupo que había entrado. El indio intentó levantarse, pero alguien lo empujó de regreso a la silla.

—Antes de salir, Adolf quiere que le garanticen que no volverán aquí. Detestamos a los vagabundos. Nuestro pueblo es ley y orden. Orden y ley. Los extranjeros no son bienvenidos. Vuelvan a su tierra con sus drogas y su libertinaje.

¿Extranjeros? ¿Drogas? ¿Libertinaje?

—Saldremos de aquí cuando terminemos de comer.

Paulo se irritó con el comentario de Karla; ¿para qué provocar más? Sabían que estaban rodeados de gente que realmente odiaba todo lo que ellos representaban. Las cadenas colgando de los pantalones, los guantes de motociclista con aplicaciones de metal muy diferentes a las que había comprado en Ámsterdam. Picos destinados a intimidar, a herir, a lastimar gravemente con un golpe de aquellas manos.

Rayan se volvió hacia el que parecía ser el jefe; un hombre mayor, con arrugas en el rostro, que presenciaba todo en silencio.

—Somos de tribus diferentes, pero somos de tribus que combaten lo mismo. Terminamos y salimos. No somos enemigos.

El jefe, por lo visto, tenía problemas de habla, pues se puso un amplificador en el cuello antes de responder.

—No somos de ninguna tribu —dijo con la voz metálica del instrumento—. Salgan ahora.

Hubo un momento que pareció no terminar nunca, en que las mujeres miraban a los desconocidos a los ojos, los hombres medían sus posibilidades y los recién llegados esperaban en silencio, excepto porque uno se volvió hacia el dueño del restaurante y habló a gritos:

—Desinfecten estas sillas después de que se vayan. Deben haber traído peste, enfermedades venéreas, qué sé yo qué más.

El resto de las pocas personas presentes parecía no prestar la menor atención a lo que estaba ocurriendo. Tal vez una de ellas los había llamado; alguien que tomaba como una agresión personal el simple hecho de que existieran personas libres en el mundo.

—Salgan de aquí, cobardes —dijo otro del grupo recién llegado, con una calavera bordada en la chamarra de cuero negro—. Sigan derecho y a menos de un kilómetro encontrarán un país comunista donde seguramente serán bien recibidos. No vengan aquí a influenciar negativamente a nuestras hermanas y a nuestras familias. Tenemos valores cristianos, un gobierno que no admite desorden y respetamos a los demás. Pongan el rabo entre las patas y salgan.

Rayan estaba rojo. El indio parecía indiferente, tal vez porque ya había presenciado esta escena antes, tal vez porque según Krishna nadie debe huir de la lucha cuando está en el campo de batalla. Karla encaraba a los hombres de cabeza rapada, sobre todo al que le había respondido diciendo que no había terminado de comer. Debía estar loca de sangre, ahora que había descubierto que el viaje en autobús era más aburrido de lo que hubiera imaginado.

Fue Mirthe quien agarró su bolsa, sacó la cantidad que le correspondía de la cuenta y la colocó sin prisas sobre la mesa. Enseguida caminó hacia la puerta. Uno de los hombres le impidió pasar, otra confrontación que nadie quería ver que se convirtiera en una pelea, pero ella lo empujó —sin delicadeza y sin miedo— y continuó su camino.

Los otros se levantaron, pagaron su parte de la cuenta y salieron, lo que, en teoría, significaba que realmente eran cobardes, capaces de enfrentar un largo viaje a Nepal, pero rápidos para huir en cuanto aparecía la primera amenaza concreta. El único que parecía dispuesto a enfrentarlos era Rayan, pero el indio —Rahul— lo agarró por los brazos y se lo llevó con él, mientras uno de los cabezas rapadas jugaba a mostrar y guardar la hoja de su navaja.

Los franceses, padre e hija, también se levantaron, pagaron la cuenta y salieron con los demás.

—Usted puede quedarse —dijo el jefe, con su voz metálica por el amplificador pegado a su cuello.

—No puedo. Estoy con ellos y es una vergüenza que esto pase aquí, en un país libre, con paisajes magníficos. La última impresión que vamos a llevarnos de Austria seguirá siendo el río en un desfiladero, los Alpes, la belleza de Viena, el magnífico conjunto de la abadía de Melk. La banda de malhechores...

La hija jaló al padre, que no dejó de hablar.

—… que no representan al país será olvidada muy rápido. Venimos de Francia para encontrarnos con esto.

Uno de los sujetos llegó por detrás y le dio un golpe en la espalda al hombre. El conductor inglés se interpuso entre los dos con ojos que parecían de acero; miraba fijamente al jefe sin decir nada, y no era necesario, porque en aquel momento su presencia parecía intimidar a todos. La hija comenzó a gritar. Los que ya estaban en la puerta estuvieron a punto de regresar, pero el indio se los impidió. Era una batalla perdida.

Fue hasta ellos, agarró a padre e hija por los brazos y empujó a todos afuera. Se dirigieron al autobús. El conductor fue el último en salir, siempre de frente al jefe de la pandilla, sin demostrar miedo.

—Vamos a salir, regresaremos algunos kilómetros y dormiremos en una pequeña ciudad cerca de aquí.

—¿Y huir de ellos? ¿Para eso viajamos tanto, para huir ante la primera pelea?

El hombre de más edad había hablado. Las chicas parecían asustadas.

—Así es. Vamos a huir —dijo el conductor, mientras manejaba—. Las pocas veces que hice este viaje he huido de varias cosas. Y no veo ninguna humillación en eso. Peor sería si amaneciéramos con los neumáticos pinchados, incapaces de proseguir el viaje porque sólo tengo dos de repuesto.

L legaron a la pequeña ciudad. Se estacionaron en una calle que parecía tranquila. Todos estaban tensos y asustados por el episodio del restaurante, pero ahora eran un grupo capaz de resistir cualquier agresión. Aun así, decidieron dormir dentro del autobús.

Con mucho trabajo intentaron conciliar el sueño, pero dos horas después unas luces potentes comenzaron a iluminar el interior del vehículo.

POLIZEI

Uno de los oficiales abrió la puerta y dijo algo. Karla, que hablaba alemán, explicó que los policías estaban pidiendo a todos que bajaran sin llevar nada, solo con lo puesto. A esas alturas, el aire estaba helado, pero los policías —hombres y mujeres— no les permitieron llevar nada. Todos temblaban de frío y de miedo y a nadie parecía molestarle.

Los policías entraron al vehículo, abrieron bolsas y mochilas, sacaron todo lo que contenían y lo aventaron al suelo. Descubrieron una pipa de agua, normalmente usada para el hachís.

El objeto fue confiscado.

Les pidieron los documentos, los leyeron atentamente a la luz de las linternas, vieron el sello de entrada, estudiaron cada página para ver si eran falsificaciones; iluminaban la foto del pasaporte y el rostro de la persona. Cuando llegaron a las chicas "mayores de edad", uno de ellos fue a la patrulla y habló por radio a algún lugar. Aguardó un poco, asintió con la cabeza y regresó con ellas.

Karla traducía.

—Tenemos que llevarlas con el encargado de los menores de edad y en breve sus padres estarán aquí. En breve, es decir, tal vez dentro de dos días o una semana, depende de si consiguen o no boletos de avión o de autobús, o un auto alquilado.

Las dos chicas parecían en estado de *shock*. Una de ellas comenzó a llorar, pero el policía continuó con su tono monótono:

—No sé a dónde querían ir y no me interesa. Pero de aquí no pasarán. Me sorprende que hayan cruzado tantas fronteras sin que nadie se haya dado cuenta de que habían huido de casa.

Se volvió hacia el conductor.

—Su autobús podría ser confiscado por estar estacionado en un lugar prohibido. No lo hago porque quiero que se marchen lo más pronto posible, lo más lejos posible. ¿Usted no notó que eran menores de edad?

—Noté que sus pasaportes decían otra cosa, distinta a lo que usted está afirmando ahora.

La policía iba a continuar la conversación, explicando que habían falsificado los pasaportes, que la edad de ambas era VISIBLE, que habían huido de casa porque una de ellas afirmaba que en Nepal había un hachís mucho mejor que en Escocia; por lo menos así estaba escrito en el expediente que habían leído en la delegación. Que los padres estaban desesperados. Pero decidió dejar la conversación a un lado; las únicas personas a quienes debía dar explicaciones era a sus superiores.

Recogieron los pasaportes y les pidieron que los acompañaran. Ellas empezaron a protestar, pero la policía no les prestó atención; ninguna de ellas hablaba alemán y los guardias, a pesar de que probablemente sabían inglés, se negaban a hablar en otro idioma.

La mujer policía entró con las dos chicas al autobús y les pidió que recogieran lo que era de ellas en medio del revoltijo, lo que tardó cierto tiempo, mientras las personas se congelaban afuera. Por fin, las dos salieron y fueron llevadas a una de las patrullas.

—Muévanse —fue el comentario del teniente que acompañaba al grupo.

—Y, ya que no encontraron nada, ¿por qué motivo tenemos que marcharnos? —cuestionó el conductor—. ¿Podemos hallar un lugar donde sea posible estacionarnos sin miedo de que nos confisquen el vehículo?

—Existe un campo en las cercanías, antes de entrar a la ciudad; pueden dormir ahí. Y marcharse antes de que salga

Paulo Coelho

el sol; no queremos ser perturbados por la presencia de gente como ustedes.

Los pasajeros iban tomando sus documentos y entrando al autobús. El conductor y el indio, su sustituto, no se movían.

—¿Y cuál fue nuestro crimen? ¿Por qué no podemos pasar la noche aquí?

—No estoy obligado a responder su pregunta. Pero si prefiere que me lleve a todos a la delegación, donde deberemos ponernos en contacto con sus países mientras esperan en una celda sin calefacción, no tendremos ningún problema en hacerlo. Usted puede ser acusado de rapto de menores.

Una de las patrullas partió con las chicas y nadie en aquel autobús supo jamás qué hacían ellas ahí.

El teniente miraba al conductor, el conductor miraba al teniente y el indio los miraba a los dos. Finalmente, el conductor cedió, entró al autobús y accionó la marcha de nuevo.

El teniente se despidió con una mirada irónica. Esa gente no merecía siquiera estar libre, yendo de un lado al otro del mundo, esparciendo el germen de la rebelión. Ya era suficiente con lo que había pasado en Francia en mayo de 1968; eso tenía que ser controlado a cualquier costo.

Sí, mayo de 1968 no tenía nada que ver con los *hippies* ni con sus semejantes, pero las personas podían confundir las cosas y luego querrían derrumbar todo en todos lados.

¿A él le gustaría estar con ellos? De ninguna manera. Tenía una familia, casa, hijos, comida, amigos en la fuerza policiaca. No solo estaban cerca de una frontera comunista; alguien había escrito una vez en un periódico que ahora los soviéticos habían cambiado de táctica y usaban a las personas para corromper las costumbres y voltearlas en contra de su propio gobierno. Pensaba que eso era una locura, sin el menor sentido, pero prefería no arriesgarse.

Todos comentaron el absurdo que acababan de vivir, menos Paulo, que parecía haber perdido el habla y cambiado de color. Karla le preguntó si estaba bien —no podía admitir estar viajando con un compañero que sentía miedo de la primera autoridad que aparecía—, y él le dijo que estaba muy bien, que solo había bebido un poco de más y tenía náuseas. Cuando el autobús se detuvo en el lugar indicado por el guardia, fue el primero en saltar para vomitar a un lado de la carretera, discretamente, sin que nadie lo viera, porque sólo él conocía sus propios dolores, su pasado en Ponta Grossa, el terror que siempre lo acometía cada vez que atravesaba una frontera. Y, peor aún, el terror de saber que su destino, su cuerpo, su alma, estarían siempre unidos a la palabra POLICÍA. Jamás se sentiría seguro; era inocente cuando había sido encarcelado y torturado, seguía sin haber cometido ningún delito además, tal vez, del uso esporádico de drogas, que de hecho nunca llevaba consigo, ni siquiera en Ámsterdam, donde eso no habría tenido absolutamente ninguna consecuencia.

Finalmente, la tortura y la prisión habían quedado atrás en la realidad física, pero seguían presentes en la realidad paralela, en una de las muchas vidas que vivía al mismo tiempo.

Se sentó lejos de todo el mundo; solo quería silencio y soledad, pero Rahul, el indio, se acercó con lo que parecía ser una especie de té blanco y frío. Paulo bebió; sabía a yogurt caducado.

—Dentro de poco te sentirás mejor. No te acuestes ni trates de dormir ahora. Y no te preocupes por dar explicaciones, algunos organismos son más sensibles que otros.

Se quedaron quietos. La sustancia comenzó a hacer efecto en quince minutos. Paulo se levantó para unirse al grupo, que había encendido una hoguera y danzaba al son del radio del autobús. Bailaban para exorcizar a los demonios, bailaban para mostrar que, queriéndolo o no, eran más fuertes.

—Quédate un poco más —insistió el indio—. Tal vez deberíamos rezar juntos.

—Fue una intoxicación alimentaria —explicó Paulo.

Pero, por la mirada del indio, vio que no le creía. Volvió a sentarse. El indio se puso frente a él.

—Digamos que eres un guerrero en el frente de batalla y, de repente, el Señor Iluminado viene a presenciar el combate. Digamos que tu nombre es Arjuna, y te pide que no te acobardes, que sigas adelante y cumplas con tu destino, porque nadie puede matar o morir; el tiempo es eterno. Sucede que tú, que eres humano, ya pasaste por una situación semejante en una de las vueltas de este tiempo circular, y ves que la situación se repite; aunque sea diferente, las emociones son las mismas. ¿Cómo era que te llamabas?

—Paulo.

—Entonces, Paulo, tú no eres Arjuna, el general todopoderoso que temía herir a sus enemigos porque se consideraba un hombre bueno, y a Krishna no le gustó lo que oyó, porque Arjuna se estaba dando a sí mismo un poder que no tenía. Tú eres Paulo, de un país distante, que tienes momentos de valentía y momentos de cobardía, como cualquiera de nosotros. Y en los momentos de cobardía, eres poseído por el miedo.

Y el miedo, al contrario de lo que muchos dicen, tiene sus raíces en el pasado. Algunos gurús de mi país afirman: 'Cuando camines hacia adelante, sentirás pavor de lo que vas a encontrar'. ¿Pero cómo voy a sentir pavor de lo que voy a encontrar, si todavía no he experimentado el dolor, la separación, la tortura interior o exterior?

¿Te acuerdas de tu primer amor? Entró por una puerta abierta llena de luz y tú permitiste que lo ocupara todo, que iluminara tu vida, que encantara tus sueños, hasta que, como siempre pasa con el primer amor, un día se fue. Debías haber tenido siete u ocho años; ella era una niña linda de tu edad, consiguió un novio mayor y ahí te quedaste, sufriendo, diciendo que nunca más en tu vida amarías de nuevo, porque amar es perder.

Pero amaste de nuevo; es imposible concebir una vida sin ese sentimiento. Y seguiste amando y perdiendo, hasta que encontraste a alguien…

Paulo pensó que al día siguiente estarían entrando al país de origen de una de las muchas personas a las que les había abierto su corazón, de las que se había enamorado y —de nuevo— había perdido, aquella que le enseñara tantas cosas importantes; incluso, fingir coraje en los momentos de desesperación. Realmente era la rueda de la fortuna girando en el espacio circular, llevándose las cosas buenas y devolviendo dolores; llevándose los dolores y trayendo cosas buenas.

Karla observaba a los dos conversando y vigilaba a Mirthe con el rabillo del ojo, para que no se les acercara. Estaban tardando mucho tiempo. ¿Por qué él no volvía y bailaba un poco en torno a la fogata, abandonando de una vez esa vibración maléfica que se había instalado en el restaurante y continuado en la pequeña ciudad donde estacionaron el autobús?

Pero decidió seguir bailando un poco más, mientras las chispas de la madera llenaban de luz el cielo sin estrellas.

Las canciones eran sintonizadas por el conductor, que también se recuperaba de aquella noche, aunque no había sido la primera vez que pasara por eso. Cuanto más alta y cuanto más apropiada para bailar fuera, mejor. Temía que aparecieran de nuevo los policías pidiendo que salieran de ahí, pero decidió relajarse; no se traumatizaría solo porque una banda de personas que se creen dueñas de la autoridad y, en consecuencia, del mundo, había intentado arruinar un día de su vida.

Está bien, fue un solo día, pero un solo día era el bien más precioso de que disponía en la faz de la Tierra. Un solo día, por el que su madre había implorado en su lecho de muerte.

Un solo día valía más que todos los reinos del planeta.

Michael —así se llamaba el conductor— había hecho algo impensable tres años antes; después de graduarse en medicina, obtuvo un Volkswagen usado de sus padres y, en vez de utilizarlo para desfilar delante de las muchachas o mostrarlo a sus amigos en Edimburgo, había partido una semana después para un viaje a Sudáfrica. Había ahorrado lo suficiente para pasar dos o tres años viajando, trabajando en clínicas particulares como interno remunerado. Su sueño era conocer el mundo, porque ya conocía bien el cuerpo humano y sabía cuán frágil era.

Después de un incontable número de días, atravesando las antiguas colonias francesas e inglesas, procurando atender a los enfermos y consolar a los afligidos, se familiarizó con la idea de que la muerte siempre está cerca y se prometió a sí mismo que nunca, en ningún momento, dejaría que los pobres sufrieran y que los abandonados quedaran sin consuelo. Descubrió que la bondad tenía algún efecto redentor y protector; jamás, ni por un instante, encontró dificultades o padeció hambre. El Volkswagen, que no había sido construido para eso y ya tenía doce años de uso, sufrió solo una vez la ponchadura de un neumático, cuando cruzaba uno de aquellos países en guerra constante. Pero el bien que Michael hacía comenzó a precederlo, sin que él lo supiera, y en cada pueblo era recibido como el hombre que salvaba vidas.

Por una de esas casualidades, encontró un puesto en la Cruz Roja, en un lindo pueblo cerca de un lago en el Congo. También ahí había llegado su fama; le proporcionaron vacunas para la fiebre amarilla, medicamentos, uno que otro material quirúrgico, y le pidieron de manera terminante que no se involucrara en ningún conflicto, que solo cuidara a los heridos de ambos lados.

—Ése es nuestro objetivo —explicó un joven de la Cruz Roja—. No interferir, solo curar.

El viaje que Michael había planeado hacer en dos meses terminó extendiéndose por casi un año. Tras cada kilómetro recorrido —casi nunca solo, por lo general transportando a mujeres que ya no podían andar después de tantos días en la carretera intentando huir de la violencia y de las guerras tribales que se esparcían por todas las regiones—, paraba en un sinnúmero de puestos de control y sentía que algo lo estaba ayudando. Después de que le pedían su pasaporte, rápidamente lo dejaban pasar, tal vez por haber curado a un hermano, un hijo, un amigo de alguien.

Eso lo impresionó mucho. Hizo un voto a Dios, pidiéndole que pudiera vivir cada día como servidor, un día, un ÚNICO DÍA, a la imagen de Cristo, por quien tenía inmensa devoción. Pensaba en convertirse en sacerdote en cuanto llegara al final del continente africano.

Cuando llegó a Ciudad del Cabo, decidió descansar antes de buscar una orden religiosa y ofrecerse como novicio. Su gran ídolo era San Ignacio de Loyola, quien había hecho lo mismo, viajado por una parte del mundo y fundado la orden de los jesuitas cuando fue a estudiar a París.

Encontró un hotel sencillo y barato y decidió tomar una semana de reposo para que toda aquella adrenalina saliera de su cuerpo y la paz pudiera entrar nuevamente. Procuraba no pensar en nada de lo que había visto; mirar atrás no sirve de nada, solo para poner grilletes imaginarios en los pies y eliminar por completo cualquier vestigio de esperanza en la humanidad.

Miraba hacia a delante, pensaba cómo vendería el Volkswagen, contemplaba de la mañana a la noche la vista del mar ante su ventana. Veía cómo cambiaban los colores del sol y del agua, dependiendo de la hora, y, abajo, paseando por la playa, los blancos con sus sombreros de exploradores, sus pipas, sus mujeres vestidas como si estuvieran en la corte de Londres. Ningún negro; solo blancos en la calzada que corría junto a la orilla del mar. Eso lo entristecía más de lo que podía imaginar. La segregación racial era oficial en el país, de momento —por lo menos por ahora— no podía hacer nada; solo rezar.

Y rezaba de la mañana a la noche pidiendo inspiración, preparándose para hacer los ejercicios espirituales de San

Ignacio por décima vez. Quería estar listo para cuando llegara el momento.

En la mañana del tercer día, mientras desayunaba, dos hombres con trajes claros se aproximaron a su mesa.

—Entonces, usted es la persona que ha honrado el nombre del imperio británico.

El imperio británico ya no existía, había sido sustituido por la Commonwealth, pero las palabras del hombre le sorprendieron.

—Lo he honrado un solo día a la vez —fue su respuesta, sabiendo que ellos no entenderían.

Y en realidad no entendieron porque la conversación siguió en la dirección más peligrosa que podía imaginar.

—Usted es bien recibido y respetado por donde pasa. Necesitamos gente así para trabajar con nosotros en el gobierno británico.

Si el sujeto no hubiera agregado aquello, "gobierno británico", él hubiera podido imaginar que estaba siendo invitado por una de las empresas mineras, de las plantaciones, de las fábricas de procesamiento de minerales, a ocupar el cargo de capataz o incluso de médico. Pero "gobierno británico" significaba otra cosa. Michael era un hombre bueno, pero no tenía nada de ingenuo.

—Gracias, pero no quiero. Tengo otros planes.

—¿Cómo?

—Volverme sacerdote. Servir a Dios.

—¿Y no cree que estaría sirviendo a Dios si sirviera a su país?

Michael entendió que ya no podía permanecer en aquel lugar adonde le había costado tanto llegar. Debía volver a Escocia en el primer vuelo disponible; tenía dinero para hacerlo.

Se levantó sin darle oportunidad al sujeto de continuar la conversación. Sabía para qué estaba siendo amablemente "convocado": espionaje.

Tenía buenas relaciones con los ejércitos tribales; había conocido a mucha gente y la última, la última cosa que quería hacer, era traicionar la confianza de quien confiaba en él.

Tomó sus cosas, habló con el gerente diciéndole que le gustaría que vendiera su auto y le dio la dirección de un amigo adonde el dinero debía ser enviado, se fue al aeropuerto y, once horas después, desembarcaba en Londres. Mientras esperaba el tren que lo llevaría al centro, vio en el cartel de anuncios, escondido entre ofertas de empleo para criadas, compañeras de cuarto, meseros, chicas interesadas en trabajar en cabarets, uno que decía: "Necesitamos conductores para Asia". Antes, incluso, de dirigirse al centro, quitó el anuncio de ahí y se fue directo a la dirección indicada, una pequeña oficina con una placa en la puerta: BUDGET BUS.

—Ya se ocupó la vacante —respondió el joven de cabellos largos, abriendo la ventana para que pudiera salir un poco del olor a hachís—. Pero oí decir que en Ámsterdam están buscando gente calificada. ¿Tienes experiencia?

—Mucha.

—Entonces ve allá. Di que te mandó Ted. Ellos me conocen.

Le extendió un folleto donde estaba escrito un nombre más extravagante que Budget Bus: MAGIC BUS. "Conozca los países donde jamás imaginó poner los pies. Precio: setenta dólares por persona. Solo incluye el viaje. Traiga el resto con usted, menos drogas, porque terminará degollado antes de llegar a Siria".

Había una foto de un autobús colorido con varias personas al frente, haciendo la señal de amor y paz, tan común para Churchill y para los *hippies*. Se fue a Ámsterdam y lo aceptaron de inmediato; por lo visto, la demanda era mayor que la oferta.

Ese era su tercer viaje y no se cansaba de atravesar los desfiladeros de Asia. Cambió la música, poniendo un casete cuya lista de canciones había seleccionado él mismo. La primera era Dalida, una egipcia que vivía en Francia y era un éxito en toda Europa. La gente se animó todavía más; la pesadilla había pasado.

Rahul percibió que el brasileño estaba casi totalmente recuperado.

—Noté que enfrentaste a esa banda de malhechores vestidos de negro sin demostrar gran preocupación. Estaba preparado para la pelea, pero eso terminaría siendo un problema para nosotros. Somos peregrinos y no los dueños de la tierra. Dependemos de la hospitalidad ajena.

Paulo asintió con la cabeza.

—Sin embargo, cuando apareció la policía te quedaste paralizado. ¿Estás huyendo de algún problema? ¿Mataste a alguien?

—Nunca, pero si hubiera podido hacerlo hace algunos años, sin duda lo habría hecho. El problema es que nunca vi la cara de mis posibles víctimas.

En pinceladas rápidas, para evitar que el indio creyera que estaba mintiendo, le contó lo que había ocurrido en Ponta Grossa. El indio no mostró especial interés.

—Ah, entonces tienes un miedo más común de lo que piensas: a la policía. Todo el mundo tiene miedo de la policía, aun las personas que se han pasado la vida respetando la ley.

El comentario tranquilizó a Paulo. Vio que Karla se acercaba.

—¿Por qué no están con los otros? Ahora que las chicas decidieron irse, ¿ustedes quieren ocupar su lugar?

—Nos estamos preparando para rezar. Solo eso.

—¿Y puedo participar en esta oración?

—Tu baile es una manera de alabar a Dios. Vuelve allá y continúa.

Pero Karla, la segunda chica más bonita del autobús, no se dio por vencida. Quería rezar como rezan los brasileños. En cuanto a los indios, ya los había visto varias veces en Ámsterdam, con sus posturas extrañas, pintura entre los ojos, y la disposición de mantener la mirada en el infinito.

Paulo Coelho

Paulo sugirió que todos se tomaran de las manos y, cuando se estaba preparando para decir el primer verso de la plegaria, Rahul lo interrumpió:

—Vamos a dejar la oración con palabras para otro momento. Lo mejor que podemos hacer hoy es rezar con el cuerpo, bailando.

Se dirigió a la fogata seguido por ambos, porque todos ahí veían en la danza y en la música una manera de liberarse del cuerpo. De decirse a sí mismos:

"Estamos esta noche aquí juntos y alegres, a pesar de que las fuerzas del mal han intentado separarnos. Estamos aquí juntos y juntos continuaremos por el camino que está ante nosotros, a pesar de que las fuerzas de las tinieblas desearan impedirnos seguir adelante.

"Estamos aquí juntos y un día, más tarde o más temprano, tendremos que decir adiós. Aun sin conocernos bien, aun sin haber intercambiado las palabras que podían haberse intercambiado, estamos aquí juntos por una de esas razones misteriosas. Esta es la primera vez que el grupo baila en torno a una hoguera, como hacían los antiguos cuando estaban más cerca del universo y veían en las estrellas de la noche, en las nubes y en las tempestades, en el fuego y en el viento, un movimiento y una armonía y por eso bailaban, para celebrar la vida.

"La danza todo lo transforma, todo lo exige y no juzga a nadie. Quien es libre baila, aun cuando esté en una celda o en una silla de ruedas, porque bailar no es solo la repetición de ciertos movimientos, sino conversar con Alguien más grande y más poderoso que todo y que todos; es usar un lenguaje que está más allá del egoísmo y el miedo."

Y aquella noche de septiembre de 1970, después de haber sido expulsados de un bar y humillados por la policía, todos bailaron y agradecieron a Dios por una vida tan interesante, tan llena de cosas nuevas, tan desafiante.

Atravesaron sin grandes problemas todas las repúblicas que constituían un país llamado Yugoslavia (donde embarcaron dos muchachos más, un pintor y un músico). Cuando cruzaron Belgrado, la capital de Yugoslavia, Paulo recordó con cariño —pero sin nostalgia— a su antigua novia, con quien había viajado por primera vez fuera del país, quien le había enseñado a conducir, a hablar inglés, a hacer el amor. Se dejó llevar por la imaginación y la imaginó, junto con su hermana, corriendo por aquellas calles y refugiándose de los bombardeos durante la Segunda Guerra Mundial.

—En cuanto sonaban las sirenas, nos íbamos al sótano. Mi madre nos ponía a las dos acostadas en su regazo, nos pedía que abriéramos la boca y nos cubría con su propio cuerpo.

—¿Por qué abrir la boca?

—Para evitar que el ruido ensordecedor de las explosiones terminara por destruir nuestros tímpanos y nos dejara sordas el resto de la vida.

En Bulgaria los siguió siempre un auto con cuatro tipos siniestros a bordo, por acuerdo mutuo entre las autoridades y el conductor. Después de la explosión de alegría colectiva en una ciudad en la frontera con Austria, el viaje comenzó a volverse monótono. Estaba prevista una parada de una semana en Estambul, pero todavía faltaba mucho para llegar allá; en términos exactos, ciento noventa kilómetros, lo que no era absolutamente nada después de haber recorrido más de tres mil.

Dos horas después, vio los minaretes de dos grandes mezquitas.

¡Estambul! ¡Estaban llegando!

Había planeado con detalle cómo usaría su tiempo ahí. Cierta vez asistió a un espectáculo de unos derviches con faldas redondas que giraban sobre sí mismos. Había quedado fascinado con eso y decidió que aprendería aquella danza hasta comprender que no era solo un baile sino una manera de entrar en contacto con Dios. Sus seguidores se llamaban sufís, y todo lo que leyó al respecto lo había entusiasmado más. Tenía planes de ir algún día a Turquía para entrenar con los derviches o con los sufís, pero imaginaba que eso sucedería en un futuro distante.

¡Y sin embargo estaba ahí! Las torres que se aproximaban, la carretera cada vez con más autos, el embotellamiento, más paciencia, más espera; no obstante, antes de que naciera el siguiente día, estaría entre ellos.

—Calculen una hora para llegar —dijo el conductor—. Vamos a pasar aquí una semana, no porque sea un viaje de turismo, como ya deben haber imaginado, sino por que antes de salir de Ámsterdam…

¡Ámsterdam! ¡Eso parecía haber ocurrido siglos atrás!

—… nos avisaron que, a inicios de mes, un intento de asesinato del rey de Jordania transformó en campo minado una zona por la cual debemos pasar. Traté de seguir lo que está ocurriendo; por lo visto, la situación está más calmada, pero en Ámsterdam decidimos que no nos arriesgaríamos.

Seguiremos adelante con nuestro plan; también porque tanto Rahul como yo estamos cansados de la monotonía y necesitamos comer, beber, divertirnos. La ciudad es barata, o mejor dicho, BARATÍSIMA; los turcos son increíbles y el país, a pesar de todo lo que verán en las calles, no es musulmán, sino laico. Sin embargo, sugiero a nuestras bellezas que eviten la ropa atrevida y a nuestros adorados jóvenes que no provoquen ninguna pelea solo porque alguien les haga una broma por los cabellos largos.

El mensaje estaba dado.

—Otra cosa: cuando todavía estábamos en Belgrado y llamé por teléfono para decir que todo estaba bien, supe que alguien nos buscaba porque quería hacer una entrevista sobre lo que significa ser *hippie*. La agencia dijo que era importante porque así podría hacer publicidad de sus servicios y no tuve ánimo para negarme.

"El periodista sabía dónde pararíamos para abastecer el vehículo y el estómago y me esperaba ahí. Me llenó de preguntas y yo no supe responder ninguna; todo lo que dije fue que ustedes tenían el alma y el cuerpo libres como el viento. El periodista en cuestión, de una gran agencia de noticias francesa, quiso saber si podía enviar a alguien de su oficina en Estambul para conversar directamente con uno de ustedes; yo le dije que no sabía, pero como nos quedaremos todos en el mismo hotel, el más barato que conseguimos, con cuartos compartidos para cuatro personas en cada…

—Yo pago extra, pero no voy a compartir el cuarto. Mi hija y yo nos quedaremos en una habitación para dos.

—Lo mismo conmigo —dijo Rayan—. Cuarto para dos.

Paulo le lanzó a Karla una mirada interrogante y ella al fin se pronunció.

—Cuarto para dos aquí también.

A la segunda musa del autobús le gustaba mostrar que tenía bajo su yugo al brasileño flacucho. El dinero que habían gastado hasta entonces había sido mucho menor de lo que habían imaginado, sobre todo porque vivían de sándwiches y dormían en el autobús la mayor parte del tiempo. Días atrás, Paulo había contado su fortuna: ochocientos veintiún dólares, después de infinitas semanas de viaje. El tedio de los últimos días había hecho que Karla se amansara un poco y ahora había más contacto corporal entre ellos: uno dormía en el hombro del otro y, de vez en cuando, se daban la mano. Era una sensación extremadamente cómoda y cariñosa, aunque jamás se habían permitido besos o mayores intimidades.

—Entonces, debe aparecer algún periodista. Si no tienen ganas, no están obligados a decir nada. Solo estoy comentando lo que me dijeron.

El tráfico avanzó un poco más.

—Olvidé algo importantísimo —dijo el conductor, después de que Rahul cuchicheara con él—. Es facilísimo encontrar drogas en la calle, desde hachís hasta heroína, así como es facilísimo encontrarlas en Ámsterdam, París, Madrid o Stuttgart, por ejemplo. Solo que, si los atrapan, nadie, absolutamente nadie, podrá sacarlos de la cárcel a tiempo para seguir el viaje. Por lo tanto, el aviso está dado y espero que haya sido bien, MUY BIEN entendido.

El aviso había sido dado, pero Michael dudaba de que fuera seguido, sobre todo porque ya habían pasado casi tres semanas sin que probaran nada. En esas tres semanas en que habían estado juntos y en que vigilara con cuidado a cada uno de los pasajeros sin que lo notaran, nadie demostró ningún interés en lo que todos consumían en Ámsterdam y otras ciudades europeas.

Lo que, una vez más, despertaba sus dudas: ¿por qué todo el mundo tenía esa manía de decir que la droga envicia? Él, como médico que en África habia experimentado con varias plantas con efectos alucinógenos para ver si podía o no utilizarlas con sus pacientes, sabía que solo las derivadas del opio causaban dependencia.

Ah, sí, y la cocaína, que rara vez aparecía en Europa ya que los Estados Unidos consumían casi todo lo que se producía en los Andes.

A pesar de eso, los gobiernos gastaban fortunas en publicidad antidrogas mientras que el cigarro y el alcohol eran vendidos en cualquier bar de esquina. Tal vez fuera eso: senadores, presupuestos de publicidad, cosas de ese tipo.

Sabía que la holandesa que acababa de pedir un cuarto con el brasileño había humedecido una de las páginas de su libro con una solución de LSD; lo había comentado con los demás. Todo el mundo sabía todo en el autobús, ahí funcionaba un "correo invisible". Cuando llegara la hora, recortaría un pedacito, lo masticaría, se lo comería y tendría las alucinaciones que le correspondían.

Pero eso no era problema. El ácido lisérgico, descubierto en Suiza por Albert Hofmann y propagado por el resto del mundo por un profesor de Harvard, Timothy Leary, ya estaba prohibido, pero seguía siendo indetectable.

Paulo despertó con el brazo de Karla en su pecho —ella todavía dormía profundamente— y se quedó pensando cómo salir de esa posición sin despertarla.

Habían llegado relativamente temprano al hotel; todo el grupo cenó en el mismo restaurante —el conductor tenía razón, Turquía era baratísima— y, cuando subieron a las habitaciones, descubrió que la suya tenía una cama matrimonial. Sin que ninguno de los dos dijera nada, se dieron un baño, lavaron la ropa, la colgaron en el baño y cayeron —exhaustos— en la cama. Por lo visto, la intención de ambos era dormir por primera vez en muchos días en un lugar decente, pero los dos cuerpos desnudos, en contacto uno con el otro, tenían planes diferentes. Estaban besándose antes de que se dieran cuenta.

Paulo consiguió una erección con mucha dificultad, y Karla no ayudó; solo mostró que, si él quería, estaba dispuesta. Era la primera vez que la intimidad iba más allá de los besos y las manos unidas. Solo porque tenía a una linda mujer a su lado, ¿estaría obligado a darle placer? ¿Se sentiría ella menos bella y menos deseada si no lo hiciera?

Y Karla pensaba: "Deja que sufra un poco, que piense que me molestaré en caso de que decida rechazarme y dormir. Si veo que las cosas no avanzan como imagino, haré lo que sea necesario, pero voy a esperar".

Finalmente vino la erección, la penetración también, y un orgasmo masculino más rápido de lo que ambos imaginaron, por más que él intentara controlarse. A fin de cuentas, había estado mucho tiempo sin tener a una mujer a su lado.

Karla, que no había tenido ningún orgasmo, y él lo sabía, le dio palmaditas cariñosas en la cabeza, como hace una madre con su hijo, se volteó a un lado, y en ese momento se dio cuenta de que también estaba exhausta. Se durmió sin pensar en las cosas que normalmente le ayudaban a conciliar el sueño. Lo mismo pasó con él.

Ahora estaba despierto; se acordaba de la noche anterior y decidió salir antes de que tuviera que comentar algo al respecto. Apartó el brazo con cuidado, se puso el pantalón extra que traía en la mochila, se calzó los zapatos, se puso una chamarra y, cuando se preparaba para abrir la puerta, escuchó:

—¿Adónde vas? ¿No me vas a dar ni los buenos días?

—Buenos días. "Estambul debe ser un lugar interesante y estoy seguro de que te va a gustar".

—¿Por qué no me despertaste?

"Porque considero que dormitar es una manera de comunicarse con Dios a través de los sueños. Lo aprendí cuando comencé a estudiar ocultismo".

—Porque podrías estar soñando algo lindo, o tal vez porque debías estar cansada. No sé.

Palabras. Más palabras. Solo servían para comenzar a complicar las cosas.

—¿Te acuerdas de ayer en la noche?

"Hicimos el amor. Sin planear mucho, solo porque estábamos desnudos en la misma cama."

—Sí. Y quiero disculparme contigo. Sé que no fue lo que esperabas.

—Yo no esperaba nada. ¿Vas a reunirte con Rayan?

En realidad, él sabía que la pregunta era: "¿Vas a reunirte con Rayan y MIRTHE?".

—No.

—¿Y sabes adónde vas?

—Sé lo que quiero encontrar. Pero no sé dónde queda; necesito informarme en la recepción. Espero que ellos sepan.

Esperaba que ella terminara ahí la sesión de preguntas, que no lo obligara a responder qué buscaba: un lugar donde pudiera encontrar gente que conoce a los derviches danzantes. Pero ella preguntó.

—Voy a una ceremonia religiosa. Algo que tiene que ver con el baile.

—¿Vas a pasar tu primer día en una ciudad tan diferente, en un país tan especial, haciendo lo que ya hiciste en Ámsterdam? ¿No te bastaron los Hare Krishna? ¿No bastó la noche alrededor de la fogata?

No bastó. Y, en una mezcla de irritación y ganas de provocarla, le contó sobre los derviches danzantes turcos que había visto en Brasil. Los hombres con un pequeño gorro rojo en la cabeza, túnicas inmaculadamente blancas, que van girando poco a poco en torno a sí mismos, como si fueran la Tierra o cualquier planeta. Después de cierto tiempo, el movimiento acaba por empujar al derviche a una especie de trance. Ellos forman parte de una orden especial, a veces reconocida y a veces abominada por el islam, de donde vino su principal inspiración. Los derviches siguen a una orden llamada sufismo, fundada por un poeta del siglo XIII que nació en Persia y murió en Turquía.

El sufismo solo reconoce una verdad: nada puede ser dividido; lo visible y lo invisible caminan juntos y las personas son solo ilusiones de carne y hueso. Por eso no le interesaba tanto la conversación sobre realidades paralelas. Somos todo y todos al mismo tiempo; tiempo que, por cierto, tampoco existe. Lo olvidamos porque a diario somos bombardeados con información en los periódicos, en la radio, en la televisión. Si aceptamos la Unidad, ya no necesitamos nada. Conoceremos el significado de la vida por un breve momento, pero ese breve momento nos dará fuerzas para llegar a aquello que llaman muerte y que, en verdad, es un pasaje para el tiempo circular.

—¿Entendido?

—Perfectamente. Yo, por mi lado, iré al bazar principal de la ciudad (imagino que Estambul tiene un bazar), donde las personas que trabajan día y noche procuran mostrarles a los pocos turistas que llegan ahí la expresión más pura de su corazón: el arte. Obviamente, no pretendo comprar nada, y no es una cuestión de economía, sino del hecho de que ya no tengo ningún espacio libre en mi mochila; pero haré un esfuerzo, un gran esfuerzo para ver si las personas me entienden y entienden mi admiración y mi respeto por lo que están haciendo. Porque para mí, a pesar de toda la descripción filosófica que me acabas de dar, el lenguaje único se llama Belleza.

Ella fue a la ventana y él vio su silueta desnuda, delineada contra el sol de afuera. Por más irritante que intentara ser, sentía por ella un profundo respeto. Salió pensando si no sería mejor también ir a un bazar; difícilmente conseguiría entrar en el mundo cerrado del sufismo, a pesar de haber leído mucho al respecto.

Y Karla pensaba en la ventana: ¿Por qué no me invitó a ir con él? Pasarían seis días más ahí, el bazar no cerraría sus puertas, y conocer una tradición como esa debía ser algo inolvidable.

Más de una vez habían caminado en direcciones opuestas, por más que ambos estuvieran intentando encontrarse uno al otro.

Karla encontró a la mayoría de las personas abajo y todas la invitaron a algún paseo especial: visitar la Mezquita Azul, la Hagia Sophia, el museo arqueológico. Lo que no faltaba en la ciudad eran lugares turísticos únicos como, por ejemplo, una cisterna gigantesca, con doce filas de columnas (un total de trescientas treinta y seis, según comentó una de las personas), que en el pasado sirvió para guardar la reserva de agua destinada a los emperadores bizantinos. Pero ella dijo que tenía otros planes; nadie preguntó nada, así como nadie hizo preguntas sobre la noche anterior, cuando durmió en el mismo cuarto que el brasileño. Desayunaron juntos y cada grupo salió para su destino.

En teoría, el destino de Karla no estaba en ninguna guía turística. Descendió hasta la orilla del estrecho del Bósforo y se quedó contemplando el puente rojo que separaba a Europa de Asia. ¡Un puente! ¡Uniendo dos continentes tan distintos y tan distantes uno del otro! Fumó dos, tres cigarrillos, bajó un poco los tirantes de la blusa discreta que estaba usando, tomó un poco de sol hasta que fue abordada por dos o tres hombres que querían entablar conversación, y pronto se vio obligada a levantarse de nuevo las mangas y cambiar de lugar.

Desde que el viaje se había vuelto monótono para todos, Karla se enfrentó a sí misma y su pregunta preferida: "¿Por qué quiero ir a Nepal? Nunca creí mucho en esas cosas, mi educación luterana es más fuerte que los inciensos, los mantras, las posturas para sentarse, la contemplación, los libros sagrados y las sectas esotéricas". No quería ir a Nepal para descubrir las respuestas; ella ya las tenía y estaba harta de siempre tener que demostrar su fortaleza, su coraje, su agresividad constante, su incontrolable competitividad. Todo lo que había hecho en la vida fue superar a los demás y jamás fue capaz de superarse a sí misma. Se acostumbró a ser quien era, aunque fuera muy joven para eso.

Quería que todo cambiara y era incapaz de cambiarse a sí misma.

Le habría gustado decirle al brasileño mucho más de lo que le había dicho; hacer que él creyera que se estaba volviendo una persona cada vez más importante en su vida. Sintió un placer morboso al saber que Paulo había salido sintiéndose culpable por la pésima relación sexual que tuvieran la noche anterior y no hizo absolutamente nada para demostrar lo contrario, como decirle: "Mi amor (¡mi amor!), no te preocupes, la primera vez es siempre así, nos iremos descubriendo poco a poco".

Pero las circunstancias no permitían que se acercara más a él, ni a nadie. Ya fuera porque no tenía mucha paciencia con las personas, ya fuera porque los otros tampoco colaboraban mucho, no intentaban aceptarla como era y lo primero que hacían era alejarse, incapaces de hacer un poco de esfuerzo para romper la pared de hielo tras la cual se ocultaba.

Todavía podía amar, sin esperar recompensas, cambios, agradecimientos.

Y había amado muchas veces en su vida. Cuando eso sucedía, la energía del amor transformaba el universo a su alrededor. Cuando esa energía aparece, siempre logra realizar su trabajo; pero con ella era diferente: no soportaba amar por mucho tiempo.

Quería ser un florero donde el gran Amor viniera y depositara sus flores y sus frutos. Y donde el agua viva los conservara como si recién los hubieran recogido, listos para ser entregados a quien tuviera el coraje —sí, la palabra era CORAJE— de tomarlos. Pero nunca llegaba nadie; mejor dicho, las personas llegaban y se iban pronto, incluso con miedo, porque no era un florero, sino una tempestad con rayos, vientos y truenos, una fuerza de la naturaleza que jamás podía ser doblegada: solo dirigida para mover molinos, iluminar ciudades, esparcir espanto.

Quería que pudieran ver la belleza, pero solo veían el huracán y jamás intentaban refugiarse de él. Preferían huir a un lugar seguro.

Volvió a pensar en su familia. Aunque religiosos practicantes, nunca trataron de imponerle nada. De vez en cuando,

cuando era niña, se había llevado algunas palmadas, lo que era normal y nada traumatizante; sucedía con todos los que vivían en su ciudad.

Era excelente en los estudios, era magnífica en los deportes, era la más linda de sus compañeras de clase (y lo sabía). Jamás tuvo problemas para conseguir novio, y aun así lo que más le gustaba era estar sola.

Estar sola. Su gran placer, y también el origen de su sueño de ir a Nepal, que era encontrar una caverna y quedarse ahí SOLA hasta que los dientes se le cayeran, hasta que su cabello se volviera blanco, hasta que los pobladores locales dejaran de llevarle comida y hasta que su última puesta de sol fuera mirando la nieve, nada más.

Sola.

Las amigas del colegio la envidiaban por su facilidad para comunicarse con los muchachos, los amigos de la universidad la admiraban por su independencia y por saber exactamente lo que quería, el personal en su trabajo quedaba siempre asombrado y sorprendido con su creatividad; en fin, era una mujer perfecta, una reina de la montaña, la leona de las selvas, la salvadora de las almas errantes. Había recibido propuestas de matrimonio desde los dieciocho años, de todo tipo de personas, especialmente de hombres ricos, que agregaban una serie de beneficios colaterales, como regalarle joyas (dos anillos de brillantes —de los varios que tenía— fueron suficientes para pagar el viaje a Nepal y para que todavía tuviera dinero para vivir por mucho tiempo).

Siempre que recibía un regalo caro, advertía que no lo devolvería en caso de separación. Los hombres se reían, porque estaban acostumbrados a ser desafiados por otros hombres, más fuertes, y no tomaban en serio sus palabras. Terminaban cayendo al abismo que ella había cavado a su alrededor y entonces se daban cuenta de que en realidad nunca estuvieron verdaderamente cerca de esa chica fascinante, sino en un puente frágil, hecho de cuerdas, que no soportaba el peso de las cosas repetitivas y comunes. Venía la separación, al cabo de una semana o un mes, y ella no tenía que decir nada; ellos ni siquiera tenían el coraje de pedir algo de regreso.

Hasta que uno de ellos, al tercer día de relación, mientras desayunaban en la cama de un hotel carísimo en París, a donde habían ido al lanzamiento de un libro ("Nadie rechaza un viaje a París", era uno de sus lemas), le dijo algo que ella jamás olvidaría:

—Tienes depresión.

Ella se rio. Casi no se conocían, habían ido a un excelente restaurante, bebido el mejor vino y la mejor champaña, ¿y el sujeto estaba diciendo eso?

—No te rías. Tienes depresión. O ansiedad. O las dos cosas. Pero el hecho es que, con la edad, tomarás un camino sin regreso; es mejor comenzar a aceptar eso ahora.

Sintió ganas de decirle cuán privilegiada era en la vida; tenía una familia excelente, un trabajo que le gustaba hacer, la admiración de los demás... Pero fueron otras las palabras que salieron de su boca.

—¿Por qué lo dices?

Su tono era de desprecio por el comentario. El hombre, cuyo nombre se propuso olvidar esa misma tarde, dijo que no quería hablar del asunto; era un psiquiatra profesional y no estaba ahí en esa calidad.

Pero ella insistió. Y tal vez él en realidad quería hablar, porque a esas alturas, según la impresión de Karla, debía estar soñando con pasar el resto de su vida con ella.

—¿Por qué dices que tengo depresión, si hemos estado juntos tan poco tiempo?

—Porque ese poco tiempo en realidad fueron cuarenta y ocho horas juntos. Y pude observarte durante la noche de la firma de autógrafos, el martes y ayer en la cena. ¿Por casualidad has amado a alguien?

—A mucha gente.

Lo cual era mentira.

—¿Y qué es amar?

La pregunta la asustó tanto que decidió tratar de responderla usando su creatividad al máximo. Dijo, sin prisas, y ahora ya sin miedo:

—Es permitirlo todo. No estar pensando en el nacimiento del sol o en bosques encantados, no luchar contra la corriente, es dejarse poseer por la alegría. Eso, para mí, es amar.

—Continúa.

—Es mantenerse libre, de modo que la persona a nuestro lado jamás se sienta esclavizada por eso. Es una cosa tranquila, serena; yo diría que hasta incluso solitaria. Amar por amar, no por alguna otra razón, como matrimonio, hijos, dinero, cosas de ese tipo.

—Bellas palabras. Pero mientras estemos juntos, sugiero que pienses en lo que dije. No vamos a arruinar nuestra estancia en esta ciudad única, yo haciendo que te cuestiones a ti misma y tú haciéndome trabajar.

"Está bien, tiene razón. Pero ¿por qué dijo que tengo depresión o ansiedad? ¿Por qué se interesó tan poco por las cosas que tengo que decir?".

—¿Y por qué tendría depresión?

—Porque todavía no has podido amar de verdad, sería una de las respuestas. Pero a estas alturas esa respuesta ya no sirve, pues conozco a mucha gente deprimida que me busca justamente, digamos, por un exceso de amor, de entrega. En realidad, creo, y estoy diciendo algo que no debería decir, tienes depresión por alguna razón física. Por la falta de determinada sustancia en tu organismo. Puede ser serotonina, dopamina… pero en tu caso seguramente no es noradrenalina.

—¿Entonces la depresión era algo químico?

—Claro que no. Existe una infinidad de factores, pero ¿podríamos vestirnos y salir a pasear por las márgenes del Sena?

—Sí. Pero antes completa tu razonamiento: ¿qué factores?

—Dices que el amor puede vivirse en soledad; sin duda, pero solo por gente que decidió dedicar su vida a Dios o al prójimo. Santos. Visionarios. Revolucionarios. En este caso estoy hablando de un amor más humano, que se revela solo cuando estamos cerca de la persona amada. Que provoca un inmenso sufrimiento cuando no puedes expresarlo o eres notada por el objeto de tu deseo. Estoy seguro de que tienes depresión porque nunca estás REALMENTE presente. Tus ojos van de un lugar al otro; no existe luz en ellos sino aburrimiento. En la noche de los autógrafos, vi que hacías un esfuerzo sobrehumano para relacionarte y conversar con las personas; todos debían parecerte aburridos, inferiores, repetitivos.

Se levantó de la cama.

—Para mí es suficiente. Voy a tomar un baño, ¿o quieres tomarlo antes de mí?

—Ve tú. Yo voy haciendo la maleta. No tengo prisa; necesito estar un poco a solas después de todo lo que escuché. En verdad necesito media hora a solas.

Él soltó una risa irónica del tipo "¿no te digo?". Se levantó y entró al baño. En cinco minutos, Karla ya tenía hecha la maleta, la ropa puesta. Abrió y cerró la puerta sin hacer ningún ruido. Pasó por la recepción, saludó a todos los que la miraban con un cierto aire de sorpresa, pero la bella suite no estaba a su nombre, de modo que nadie preguntó nada; normalmente, ella debería dar alguna explicación por estar saliendo con equipaje y sin pagar.

Fue con el conserje y preguntó cuándo salía el próximo vuelo a Holanda.

—¿Qué ciudad? Cualquiera. Soy de allá y conozco el lugar.

Salía a las dos y cuarto de la tarde, por KLM.

—¿Quiere que compremos el boleto o lo ponemos en la cuenta de la habitación?

Titubeó. Pensó que tal vez debía vengarse de aquel hombre que había leído su alma sin su permiso y que, además, podía estar equivocado en todo lo que había dicho.

Pero terminó diciendo:

—No, muchas gracias, traigo dinero.

Karla nunca viajaba a ningún lugar del planeta dependiendo solo de los hombres que de vez en cuando escogía para que le hicieran compañía.

Miró de nuevo el puente rojo, recordó todo lo que había leído sobre la depresión —y todo lo que no leyera porque comenzó a sentirse aterrorizada— y decidió que, a partir del momento en que atravesara ese puente, sería otra mujer. Dejaría de enamorarse de la persona equivocada, un sujeto que vivía al otro lado del mundo, por el cual sentiría nostalgia o haría todo para acompañarlo, o se quedaría meditando y recordando su rostro en la caverna que escogería para vivir en Nepal, pero ya no podía continuar con aquella vida, la vida de quien tiene todo y no aprovecha nada, absolutamente nada.

Paulo estaba ante una puerta que no tenía ninguna placa ni indicación, en una calle estrecha, con varias casas que parecían abandonadas. Después de mucho esfuerzo y de muchas preguntas, logró descubrir un centro de sufismo, aunque no estaba seguro de que encontraría ahí a ningún derviche danzante. Para lograr ese objetivo había ido al bazar donde esperaba encontrar a Karla, pero no la encontró; comenzó a hacer una imitación de la danza sagrada y a decir "derviche". Mucha gente se reía; otros pasaban pensando que estaba loco y tenían que mantener la distancia, porque sus brazos abiertos terminarían por alcanzarlos.

No se desesperó; en varias tiendas vendían ese tipo de gorro que había visto en el espectáculo, una especie de gorro rojo y cónico, generalmente asociado con los turcos. Compró uno, se lo puso en la cabeza y continuó yendo de un extremo a otro, preguntando con mímica —y ahora con gorro— dónde podría encontrar algún lugar donde las personas hacían eso. Esa vez la gente ni se reía ni se desviaba; solo lo miraba con el rostro serio y hablaban en turco. Pero Paulo no se dio por vencido.

Finalmente encontró a un señor de cabellos blancos que parecía entender lo que estaba diciendo. Él repetía la palabra "derviche" y ya comenzaba a cansarse. Todavía contaba con otros seis días ahí; podría aprovechar el momento para conocer el bazar, pero el hombre al que se aproximó le dijo:

—*Darwesh.*

Sí, eso debía ser; estaba pronunciándolo mal. Como para confirmar, imitó los movimientos de los derviches danzantes. La expresión cambió de la sorpresa a la censura.

—*You muslim?*

Paulo negó con la cabeza.

—No —dijo al hombre—. *Only Islam.*

Paulo se colocó frente a él.

—*Poet!* ¡Rumi! *Darwesh!* ¡Sufí!

El nombre de Rumi, fundador de la orden, y la palabra *poet* deben haber suavizado el corazón de aquel señor porque, aunque fingiendo irritación y mala voluntad, agarró a Paulo por el brazo, lo arrastró fuera del bazar y lo llevó al lugar donde se encontraba ahora, ante aquella casa casi en ruinas, sin saber exactamente qué hacer además de tocar la puerta.

Tocó varias veces, pero nadie abrió. Puso la mano en la manija; la puerta no tenía seguro. ¿Entraría? ¿Podría ser acusado de allanamiento? ¿No era cierto que los edificios abandonados tenían perros salvajes cuidándolos para que no fueran ocupados por mendigos?

Abrió una rendija. Se quedó esperando el ladrido de los perros, pero escuchó una voz, una única voz a la distancia, diciendo en inglés algo que no podía escuchar bien, y notó de inmediato una señal de que estaba en el lugar correcto: un olor a incienso.

Hizo un gran esfuerzo para saber lo que aquella voz masculina estaba diciendo. No era posible, la única manera sería entrar. Lo peor que le podía pasar sería ser expulsado. ¿Qué tenía que perder? Inesperadamente, estaba a punto de realizar uno de sus sueños: entrar en contacto con los derviches danzantes.

Tenía que arriesgarse. Entró, cerró la puerta tras de sí y, cuando sus ojos se acostumbraron a la relativa oscuridad del lugar, vio que estaba en un viejo galerón completamente vacío, todo pintado de verde, el suelo de madera gastado por el tiempo. Las ventanas con algunos vidrios quebrados dejaban filtrar algo de luz y permitían distinguir, en un rincón de aquel espacio que parecía mucho más grande visto por dentro que por afuera, a un hombre sentado en una silla de plástico, que dejó de hablar consigo mismo en cuanto notó al visitante inesperado.

Dijo algunas palabras en turco, pero Paulo movió la cabeza. No hablaba el idioma. El hombre también movió la cabeza, demostrando cuánto le incomodaba la presencia de alguien que había interrumpido algo importante.

—¿Qué quieres? —preguntó con un acento francés.

¿Qué podía responder Paulo? La verdad. Los derviches danzantes.

El hombre se rio.

—Perfecto. Viniste aquí como yo, que un día salí de Tarbes, una pequeña ciudad en medio de la nada en Francia, con una sola mezquita, en busca del conocimiento y de la sabiduría. Es eso lo que quieres, ¿no es verdad? Haz lo que yo hice cuando encontré a uno de ellos. Quédate mil y un días estudiando a un poeta, memorizando lo que él escribió, respondiendo cualquier pregunta de cualquier persona con la sabiduría de sus poemas, y entonces podrás comenzar el entrenamiento. Porque tu voz se confundirá con la del Iluminado y sus versos escritos hace ochocientos años.

—¿Rumi?

El hombre hizo una reverencia al oír el nombre. Paulo se sentó en el suelo.

—¿Y cómo puedo aprender? He leído muchos de sus poemas, pero no entiendo cómo los ponía en práctica.

—El hombre en busca de la espiritualidad sabe poco porque está leyendo al respecto e intentando llenar su intelecto con lo que piensa que es sabio. Vende sus libros y compra locura y deslumbramiento; entonces estarás un poco más cerca. Los libros traen opiniones y estudios, análisis y comparaciones, mientras que la sagrada llama de la locura nos lleva a la verdad.

—No estoy cargado de libros. Vine como una persona en busca de la experiencia; en este caso, de la experiencia de la danza.

—Eso es búsqueda de conocimiento, no es danza. La razón es la sombra de Alá. ¿Qué poder tiene la sombra ante el sol? Absolutamente ninguno. Sal de la sombra, ve hasta el sol y acepta que sus rayos te inspiran más que las palabras sabias.

El hombre señaló un lugar donde entraba un rayo de sol, a unos diez metros de su silla. Paulo fue al sitio indicado.

—Haz una reverencia al sol. Permite que inunde tu alma, porque el conocimiento es una ilusión; el éxtasis es la realidad. El conocimiento nos llena de culpa; el éxtasis nos hace comulgar con Aquel que es el Universo antes de existir y después de haber sido destruido. El conocimiento es tratar de lavarse con arena, cuando existe al lado un pozo de agua cristalina.

En aquel momento exacto, los altoparlantes colocados en las torres de la mezquita comenzaron a recitar algo; el sonido recorrió la ciudad y Paulo sabía que era el momento de la oración. Tenía el rostro vuelto hacia el sol; el rayo era apenas visible por las partículas de polvo, y sabía, por el ruido que venía de atrás, que el viejo de acento francés debía haberse arrodillado, vuelto su rostro hacia donde estaba La Meca y comenzado sus plegarias. Comenzó a vaciar su mente, no era tan difícil en ese lugar desprovisto de cualquier ornamento; no había ni siquiera las palabras del Corán escritas en caligrafía que parecían pinturas. Estaba en el vacío total, lejos de su tierra, de sus amigos, de las cosas que aprendió, de las cosas que quería aprender, del bien o del mal; estaba ahí. Solo ahí, y ahora.

Hizo una reverencia, volvió a levantar la cabeza y a mantener los ojos abiertos, y vio que el sol conversaba con él, no tratando de enseñarle nada, solo permitiendo que su luz inundara todo a su alrededor.

Mi amado, mi luz, que tu alma continúe en adoración perpetua. En algún momento dejarás este lugar donde estás ahora y volverás a los tuyos, porque no ha llegado todavía el tiempo de renunciar a todo. Pero el Don Supremo, llamado Amor, hará que seas instrumento de Mis palabras, las palabras que no dije, pero que tú entiendes.

El silencio enseña si te dejas sumergir en el Gran Silencio. El silencio puede ser traducido en palabras porque ese será su destino, pero cuando eso ocurra no intentes explicar absolutamente nada, y haz que las personas respeten el Misterio.

¿Quieres ser un peregrino en el camino de la Luz? Aprende a caminar en el desierto. Conversa con el corazón, porque las palabras son apenas accidentales y, aunque las necesites para comunicarte con los demás, no te dejes traicionar por significados y explicaciones. Las personas escuchan solo lo que quieren; jamás intentes convencer a nadie, sigue solo tu destino sin miedo, o incluso con miedo, pero sigue tu destino.

¿Quieres alcanzar el cielo y llegar hasta mí? Aprende a volar con las dos alas: la disciplina y la misericordia.

Los templos, las iglesias y las mezquitas están llenas de personas que tienen miedo de lo que está allá afuera y terminan siendo adoctrinadas por palabras muertas. Pero mi templo es el mundo; no salgas de mi templo. Permanece en él, aunque sea difícil, aunque seas motivo de risa para los demás.

Conversa y no trates de convencer a nadie. Jamás aceptes tener discípulos o personas que creen en tus palabras porque, cuando eso suceda, ellas dejarán de creer en lo que sus corazones están diciendo, que en realidad es lo único que necesitan escuchar.

Caminen juntos, beban y alégrense con la vida, pero mantengan la distancia para que uno no necesite amparar al otro; la caída forma parte del camino y todos deben aprender a levantarse solos.

Los minaretes ya estaban en silencio. Paulo no sabía por cuánto tiempo había estado conversando con el sol; el rayo iluminaba un lugar lejos de donde estaba sentado. Se volvió hacia atrás, y el hombre venido de un país distante para descubrir lo que podría haber descubierto en las montañas de su tierra se había ido. Estaba solo ahí.

Era hora de irse, porque poco a poco se estaba dejando poseer por la sagrada llama de la Locura. No necesitaría explicar a nadie dónde había estado y esperaba que sus ojos siguieran siendo los mismos, porque sentía que brillaban, y eso podía llamar la atención de los demás.

Encendió uno de los inciensos al lado de la silla y salió. Cerró la puerta, pero sabía que para aquellos que intentan sobrepasar los umbrales las puertas siempre están abiertas. Basta con girar la manija.

La mujer de la agencia de noticias francesas estaba visiblemente contrariada por lo que le habían encomendado: una entrevista con *hippies* —¡*hippies!*— en plena Turquía, viajando en autobús a Asia iqual que los muchos inmigrantes que venían en dirección contraria en busca de riquezas y oportunidades en Europa. No tenía ningún prejuicio ni con unos ni con otros, pero ahora que habían comenzado los conflictos en Medio Oriente —el télex no paraba de vomitar noticias, había rumores de batallones en Yugoslavia que se mataban unos a otros, Grecia estaba en pie de guerra con los turcos, los kurdos querían autonomía, el presidente no sabía exactamente qué hacer, Estambul se había convertido en un nido de espías donde convivían agentes de la KGB y de la CIA, el rey de Jordania había sofocado una rebelión y los palestinos prometían venganza—, ¿qué estaba haciendo ella exactamente en aquel hotel de tercera categoría?

Cumpliendo órdenes. Había recibido una llamada del conductor del tal *Magic Bus*, un inglés experimentado y simpático que la esperaba en el *lobby* del hotel y que tampoco entendía el interés de la prensa extranjera en este asunto, pero había decidido colaborar de la mejor manera posible.

No había ningún *hippie* en el *lobby*, salvo un sujeto que se parecía a Rasputín y un hombre de aproximadamente cincuenta años, sin mucha pinta de *hippie*, al lado de una chica joven.

—Él es quien va a responder las preguntas —dijo el conductor—. Habla tu idioma.

La ventaja era que hablaban francés, lo que haría la entrevista más fácil y más rápida. Comenzó ubicándolo en el tiempo y el espacio (nombre: Jacques; edad: cuarenta y siete años; natural de Amiens, Francia; profesión: ex director de una empresa francesa líder en cosmética; estado civil: divorciado).

—Como le deben haber informado, estoy aquí preparando un reportaje, a pedido de la agencia Prensa de Francia, sobre esa cultura que, por lo que leí, nació en Estados Unidos...

Se controló para no decir: "De los hijitos ricos de papá que no tienen nada que hacer... y se esparció como viento por todo el planeta".

Jacques asintió con la cabeza, mientras de nuevo la periodista pensaba agregar: "En realidad, en las zonas donde permanecen las mayores fortunas del planeta".

—¿Qué quiere saber exactamente? —preguntó Jacques, arrepentido de haber aceptado dar la entrevista porque el resto del grupo estaba afuera conociendo la ciudad y divirtiéndose.

—Sabemos que es un movimiento sin prejuicios, basado en las drogas, la música, grandes conciertos al aire libre donde todo está permitido, viajes, desprecio total y absoluto por todos los que están luchando en este momento por un ideal, por una sociedad más libre y más justa…

—… Como por ejemplo…

—… Como los que intentan liberar a los pueblos oprimidos, denunciar las injusticias, participar en la necesaria lucha de clases, en que las personas dan su sangre y sus vidas para que el único futuro de la humanidad, el socialismo, deje de ser una utopía y pronto pueda ser una realidad.

Jacques asentía con la cabeza; era inútil aceptar provocaciones de ese tipo; todo lo que haría sería perder su precioso primer día en Estambul.

—Y que tienen una visión más libre, yo diría más libertina, del sexo, donde a los hombres de mediana edad no les importa ser vistos al lado de chicas que tienen edad para ser sus hijas…

Jacques iba a dejar pasar esa también, pero no pudo porque fue interrumpido.

—La chica que tiene edad para ser su hija, imagino que se está refiriendo a mí, en realidad es su hija. No fuimos presentadas: mi nombre es Marie, veinte años, nacida en Lisieux, estudiante de ciencias políticas, admiradora de Camus y de Simone de Beauvoir. Gustos musicales: Dave Brubeck, Grateful Dead y Ravi Shankar. Escribo de momento una tesis sobre cómo el paraíso socialista por el cual las personas están dando sus vidas, también llamado Unión Soviética, se volvió tan opresor como las dictaduras impuestas en el Tercer Mundo por los países capitalistas, como Estados Unidos, Inglaterra, Bélgica y Francia. ¿Algo más que pueda agregar? La periodista agradeció el comentario, tragó en seco; sospechó por unos segundos que aquello podía ser mentira, pero dedujo que no lo era. Procuró esconder su espanto y concluyó que ahí, posiblemente, estaba el tema de su materia: la historia de un hombre, ex director de una gran firma francesa, que en algún momento de crisis existencial decidió dejar todo, tomar a su hija e irse por el mundo, sin tomar en consideración los riesgos que eso podía acarrear para la chica; o la mujer, mejor dicho, precozmente envejecida, por la manera de hablar. Ahora estaba en desventaja y necesitaba recuperar la iniciativa.

—¿Has experimentado con drogas?

—Obvio: marihuana, té de hongos alucinógenos, algunas drogas químicas que me hicieron mal, LSD. Jamás probé la heroína, la cocaína ni el opio.

La periodista miraba de soslayo al padre, que escuchaba todo impasible.

—¿Y eres partidaria de la idea de que el sexo debe ser libre?

—Desde que inventaron la píldora anticonceptiva, no veo por qué el sexo no deba ser libre.

—¿Y tú lo practicas?

—Eso no le importa.

El padre, viendo que la conversación se encaminaba hacia una confrontación, decidió cambiar de tema.

—¿No estamos aquí para hablar de los *hippies*? Usted definió muy bien nuestra filosofía. ¿Qué más quiere saber?

¿Nuestra filosofía? ¿Un hombre de casi cincuenta años estaba diciendo "nuestra filosofía"?

—Quiero saber por qué están yendo a Nepal en autobús. Por lo que entiendo, y por lo que veo en pequeños detalles de la ropa de ustedes dos, tendrían dinero suficiente para ir en avión.

—Porque para mí lo que más importa es el viaje. Es conocer gente que nunca tendría oportunidad de encontrar en la primera clase de Air France, que ya frecuenté muchas veces, y donde nadie habla con nadie, aunque estén sentados lado a lado por doce horas.

—Pero existen...

—Sí, existen autobuses más confortables que esa adaptación de autobús escolar, con pésima suspensión y asientos no reclinables; imagino que es eso lo que quiere decir. Sucede que en mi encarnación anterior, o sea, en mi trabajo como director de *marketing*, conocí a todos los tipos de personas que debía conocer. Y, para decir la verdad, unas eran la copia de otras: las mismas rivalidades, los mismos intereses, la misma ostentación, una vida completamente diferente de la que tuve en mi infancia, cuando trabajaba ayudando a mi padre en un campo cerca de Amiens.

La periodista comenzó a hojear sus notas, ahora ya en clara desventaja. Era difícil provocar a esos dos.

—¿Qué está buscando?

—Lo que tenía anotado sobre los *hippies*.

—Pero usted lo resumió muy bien: sexo, música, drogas, rock y viajes.

El francés estaba logrando irritarla más de lo que imaginaba.

—Usted piensa que es solo eso. Pero hay mucho más.

—¿Hay mucho más? Entonces enséñenos, porque cuando vine a este viaje, invitado por mi hija, que era capaz de ver cuán infeliz yo era, no tuve tiempo de saber exactamente los detalles.

La periodista dijo que todo estaba bien, que ya tenía las respuestas que quería —y pensaba para sí misma: puedo inventar cualquier cosa de esta entrevista; nadie lo sabrá nunca—, pero Jacques insistió. Le preguntó si deseaba un café o un té ("Café, estoy harta de ese azucarado té de menta"), si café turco o normal ("Café turco, estoy en Turquía, es realmente ridículo colar el líquido; el polvo debe venir junto").

—Creo que mi hija y yo merecemos aprender un poco. No sabemos, por ejemplo, de dónde proviene la palabra *hippie*.

Él estaba siendo ostensiblemente irónico, pero ella fingió no darse cuenta y decidió seguir adelante. Estaba loca por tomar un café.

—Nadie sabe. Pero, si no ponemos muy franceses e intentamos definirlo todo, la idea de sexo, vegetarianismo, amor libre y vida en común tiene su origen en Persia, en un culto fundado por un sujeto llamado Mazdak. No queda mucho material sobre él. Sin embargo, como estamos siendo obligados a escribir cada vez más sobre este movimiento, algunos periodistas descubrieron un origen diferente: entre los filósofos griegos llamados cínicos.

—¿Cínicos?

—Cínicos. Nada que ver con el sentido que damos hoy a la palabra. Diógenes fue su promotor más conocido. Según él, las personas deben hacer a un lado lo que la sociedad impone: todos fuimos educados para tener más de lo que necesitamos, y así volver a los valores primitivos, o sea, vivir en contacto con las leyes de la naturaleza, depender de poco, contentarse con cada nuevo día y rechazar por completo aquello para lo cual todos han sido educados: poder, ganancia, avaricia y cosas de ese tipo. El único propósito de la vida es liberarse de lo que no se necesita y encontrar alegría en cada minuto, en cada respiración. Por cierto, según cuenta la leyenda, Diógenes vivía en un barril.

El conductor se acercó. El *hippie* con cara de Rasputín debía hablar francés, porque se sentó en el suelo para escuchar. Llegó el café. Eso animó a la periodista a continuar con su clase. De repente, la hostilidad general había desaparecido y ella era el centro de atención.

—La idea se propagó durante el cristianismo, cuando los monjes iban al desierto a buscar la paz para lograr el contacto con Dios. Y continuó hasta nuestros días, a través de filósofos conocidos, como el estadounidense Thoreau o Gandhi, el libertador de la India. Simplifica, decían todos. Simplifica y serás más feliz.

—Pero ¿cómo eso de repente se volvió una especie de moda, de forma de vestir, de ser cínico en el sentido actual de la palabra, de no creer ni en la derecha ni en la izquierda, por ejemplo?

—Eso ya no lo sé. Dicen que fueron los grandes conciertos de rock, como Woodstock. Dicen que fueron ciertos músicos, como Jerry García y Grateful Dead, o Frank Zappa y The Mothers of Invention, que comenzaron a dar espectáculos gratuitos en San Francisco. Por eso estoy aquí preguntándoles a ustedes.

Ella miró su reloj y se levantó.

—Disculpen, tengo que irme. Tengo otras dos entrevistas que hacer.

Reunió sus papeles, se alisó la ropa.

—La acompaño hasta la puerta —dijo Jacques.

La hostilidad había desaparecido por completo; ella era una profesional procurando hacer bien su trabajo y no una enemiga que había entrado ahí para hablar mal de los entrevistados.

—No es necesario. Tampoco necesita sentirse culpable por lo que dijo su hija.

—La acompaño de todas maneras.

Salieron juntos. Jacques preguntó dónde quedaba el bazar de especias; no tenía el menor interés en ver cosas que no iba a comprar, pero le encantaría disfrutar el aroma de plantas y hierbas que tal vez nunca más volvería a percibir.

La periodista le señaló el camino y siguió, a pasos apresurados, en dirección opuesta.

M ientras caminaba hacia el bazar de las especias, Jacques —que había trabajado durante tantos años vendiendo cosas que las personas no necesitaban, viéndose obligado a desarrollar campañas cada seis meses para alertar a los consumidores sobre el "nuevo producto" que estaban lanzando— pensaba para sí mismo que Estambul debería tener un departamento de turismo más eficiente: estaba absolutamente fascinado por las callejuelas, por las pequeñas tiendas por las cuales iba pasando, por los cafés que parecían detenidos en el tiempo: la decoración, la vestimenta de las personas, los bigotes. ¿Por qué la gran mayoría de los turcos se dejaba crecer el bigote?

Descubrió la razón por casualidad cuando se detuvo en un bar que seguramente había visto días mejores, con toda la decoración estilo *art nouveau*, del tipo que se encuentra solo en los lugares más escondidos y sofisticados de París. Decidió tomar su segundo café turco del día: polvo y agua, sin filtrar, servido en una especie de jarrita de cobre con un asta lateral en vez de asa, algo que hasta entonces solo había visto ahí. Esperaba que al final del día los efectos estimulantes ya hubieran desaparecido de su organismo y pudiera dormir en paz por una noche. No había mucho movimiento; en realidad, solo un cliente, además de él. El dueño, notando que era extranjero, comenzó a darle plática.

Preguntó sobre Francia, Inglaterra y España; le contó la historia de su Café de La Paix, quiso saber qué pensaba de Estambul ("Acabo de llegar, pero me parece que debería ser más conocida"), de las grandes mezquitas y del gran bazar ("Todavía no he visitado nada, llegué ayer") y comenzó a hablar del excelente café que preparaba, hasta que Jacques lo interrumpió:

—Noté algo interesante, y puedo estar en un error. Pero, por lo menos en esta zona de la ciudad, todo el mundo usa bigote, incluso usted. ¿Es alguna tradición? No tiene que responder a la pregunta si no quiere.

El dueño del bar parecía encantado de responderla.

—Estoy muy satisfecho de que lo haya notado; creo que es la primera vez que un extranjero entra aquí y me lo pregunta. Y mire que, debido a mi excelente café, los pocos turistas que visitan la ciudad vienen aquí con frecuencia, recomendados por los grandes hoteles.

Sin pedir permiso, se sentó a la mesa y le pidió a su ayudante, un muchacho apenas salido de la pubertad, con el rostro imberbe, que le trajera un té de menta.

Café y té de menta. Esas eran las únicas cosas que las personas parecían beber en esa tierra.

—¿Está vinculado a la religión?

—¿Yo?

—No, el bigote.

—¡De ninguna manera! Está vinculado al hecho de que somos hombres. Y tenemos honra y dignidad; eso lo aprendí de mi padre, dueño de un muy bien cuidado bigote, que siempre me decía: "Un día tendrás uno así". Él me explicó que, la generación de mi bisabuelo, cuando los malditos ingleses y, perdón, los franceses, comenzaron a empujarnos hacia el mar, tuvo que definir qué rumbo debían tomar de ahí en adelante. Y, como había un nido de espías en cada batallón, decidieron que el bigote sería un código. Dependiendo de la forma, significaba que la persona estaba a favor o en contra de las reformas que los malditos ingleses y, disculpe otra vez, los franceses, querían imponer. No era tanto un código secreto, claro, sino una declaración de principios.

Lo hacemos desde el final del glorioso Imperio otomano, cuando las personas debían definir un nuevo rumbo para nuestro país. Los que estaban por la reforma usaban un bigote en forma de M. Los que estaban en contra, dejaban que los bordes laterales descendieran, formando una especie de U invertida.

—¿Y los que no estaban a favor ni en contra?

—Esos se afeitaban toda la cara. Pero era una vergüenza para la familia tener a alguien así, como si fuera una mujer.

—¿Y eso es válido hoy en día?

—El padre de todos los turcos, Kemal Atatürk, el militar que finalmente logró acabar con la era de los ladrones puestos en el trono por las potencias europeas, a veces usaba bigote y a veces no. Así confundió a todo el mundo. Pero las tradiciones, una vez instaladas, son difíciles de olvidar. Además, volviendo al inicio de nuestra conversación, ¿qué mal hace una persona al demostrar su masculinidad? Los animales hacen lo mismo con pieles o plumas.

Atatürk. El valeroso militar que había luchado en la Primera Guerra Mundial, impedido una invasión, abolido el sultanato, acabado con el Imperio otomano, separado la religión islámica del Estado (lo que muchos creían imposible) y, lo que era más importante para los malditos ingleses y franceses, se había rehusado a firmar una paz humillante con los Aliados, como hizo Alemania, lanzando sin querer las semillas del nazismo. Jacques había visto varias fotos del mayor icono de la moderna Turquía —cuando la empresa en la que trabajaba pensaba en conquistar de nuevo aquel imperio, usando seducción y malicia— y nunca se había dado cuenta de que a veces aparecía sin bigote; solo observó que en las fotos con bigote él no usaba una M ni una U, sino la forma tradicional occidental, donde los vellos terminan al final de los labios.

¡Por Dios del cielo, cómo había aprendido sobre bigotes y sus mensajes secretos! Preguntó cuánto debía por el café, pero el dueño del bar se rehusó: cobraría la próxima vez.

—Muchos jeques árabes vienen aquí para hacerse implantes de bigote —concluyó—. Somos los mejores del mundo en eso.

Jacques todavía conversó un poco más con el dueño, que pronto pidió disculpas porque los clientes del almuerzo estaban comenzando a llegar. Pagó la cuenta al muchachito imberbe y salió, agradeciendo en silencio a su hija por haberlo literalmente empujado a dejar el empleo con una excelente indemnización. ¿Y si él regresara de "vacaciones" y les contara a los amigos del trabajo sobre los bigotes y los turcos? Todos creerían que era muy curioso, exótico, pero nada más.

Continuó andando en dirección al bazar de las especias y pensando para sí mismo: "¿Por qué nunca, pero nunca, forcé a mis padres a que dejaran un poco los campos de Amiens y se fueran a viajar?". Al principio, el pretexto era que necesitaban dinero para que su único hijo recibiera una educación adecuada. Cuando él se graduó de algo que sus padres ni siquiera entendían —*marketing*—, ellos alegaron que tal vez las próximas vacaciones, o las que vendrían después, y tal vez incluso en las siguientes, aunque cualquier campesino sabía que la naturaleza no para nunca y el trabajo de campo alterna momentos de exceso de sudor —sembrar, podar, recolectar— con momentos de profundo aburrimiento, esperando que la naturaleza cumpla su ciclo.

En realidad, ellos jamás tuvieron la intención de salir de la región que conocían bien, como si el resto del mundo fuera un lugar amenazador, donde terminarían perdidos en calles desconocidas, en ciudades completamente extrañas, llenas de gente *snob* que pronto distinguiría el acento del interior. No, todo el mundo era igual, a cada uno le había sido destinado un lugar en él y tenían que respetar eso.

Jacques se desesperaba en su infancia y su adolescencia, pero no había nada que hacer, excepto seguir la vida como tenía planeado: conseguir un buen empleo (lo consiguió), encontrar una mujer y casarse (tenía veinticuatro años cuando eso sucedió), crecer en su carrera, conocer el mundo (lo conoció y terminó exhausto de vivir en aeropuertos, hoteles y restaurantes, mientras la mujer esperaba con paciencia en casa, procurando dar un sentido a su vida además de cuidar a su hija), ser promovido a director en algún momento, jubilarse, volver al campo y terminar sus días en el lugar donde nació.

Visto así, muchos años después pensaba que podría haber eliminado todas las fases intermedias, pero su alma y su inmensa curiosidad lo impulsaban hacia adelante, hacia las horas sin fin de un trabajo que al principio amaba y que comenzó a odiar justo cuando estaba siendo ascendido.

Podía esperar un poco e irse en el momento adecuado. Estaba subiendo rápido en la jerarquía de la firma, su salario se había triplicado y su hija, cuyo crecimiento había acompañado en etapas entre un viaje y otro, había entrado a estudiar ciencias políticas. Su esposa terminó por divorciarse porque sentía que su vida era inútil, y ahora vivía sola porque Marie había conseguido un novio y se había mudado a vivir con él.

La mayor parte de sus ideas de *marketing* (palabra y profesión ahora de moda) eran aceptadas, aunque algunas fueran cuestionadas por pasantes que querían llamar la atención, pero él estaba acostumbrado a eso y pronto le cortaba las alas a quien quería "mostrar servicio". Los bonos de fin de año, basados en las ganancias de la compañía, aumentaban cada vez más. Soltero de nuevo, comenzó a frecuentar más fiestas y consiguió novias interesantes e interesadas; su marca de cosméticos era una referencia para todo y para todos, y las novias siempre insinuaban que les gustaría aparecer en los carteles de promoción de ciertos productos, y él no decía ni sí ni no. El tiempo pasaba, los amores interesados partían, los amores sinceros deseaban que se casara de nuevo con ellas, pero él tenía todo muy bien planeado para su futuro: otros diez años de trabajo y saldría en pleno vigor de la mediana edad, lleno de dinero y de posibilidades. Volvería a viajar por el mundo, esta vez por Asia, que conocía muy poco. Intentaría aprender las cosas que su hija, que a esas alturas también era su mejor amiga, quisiera mostrarle. Se imaginaban yendo al Ganges y a los Himalayas, a los Andes y a Ushuaia, cerca del Polo Sur, cuando se jubilara, claro. Y cuando ella se graduara, evidentemente.

Hasta que dos acontecimientos sacudieron su vida.

El primero ocurrió el 3 de mayo de 1968. Estaba esperando a su hija en su oficina, para irse en metro a casa, cuando vio que ya había pasado más de una hora y ella no llegaba. Decidió dejarle un mensaje en la recepción del edificio donde trabajaba, cerca de Saint-Sulpice (la firma tenía varios inmuebles y no todos los departamentos ocupaban su lujosa sede), y salió, dispuesto a caminar solo hasta el metro.

De pronto, vio que París estaba ardiendo, sin ningún aviso. Un humo negro cubría el aire, las sirenas venían de todas partes y lo primero que pensó fue que ¡los rusos bombardeaban su ciudad!

Pero pronto fue empujado contra la pared por un grupo de jóvenes que corría por la calle, con el rostro cubierto por trapos mojados, gritando: "¡Se acabó la dictadura!", y otras cosas de las que ya no se acordaba. Atrás, policías fuertemente armados lanzaban granadas de gas lacrimógeno. Algunos de los jóvenes habían tropezado y caído, y eran golpeados de inmediato.

Comenzó a sentir que los ojos le ardían por el gas; no entendía qué estaba pasando. ¿Qué era aquello? Tenía que preguntarle a alguien, pero sobre todo en ese momento pensaba en encontrar a su hija. ¿Dónde podía estar? Trató de caminar en dirección a la Sorbona, pero las calles estaban intransitables con batallas campales entre las fuerzas del orden y lo que parecía ser un bando de anarquistas salidos de una película de terror. Quemaban neumáticos, lanzaban piedras a los policías, los cocteles molotov volaban en todas direcciones, los medios de transporte habían dejado de funcionar. Más gas lacrimógeno, más gritos, más sirenas, más piedras arrancadas del empedrado, más jóvenes golpeados. ¿Dónde está mi hija?

"¿Dónde está mi hija?".

Hubiera sido un error, por no decir un suicidio, caminar hacia la confrontación. Lo mejor era dirigirse a casa, aguardar la llamada de Marie y esperar que pasara todo aquello, porque debía pasar aquella noche.

Nunca había participado en manifestaciones estudiantiles, sus propósitos en la vida eran otros, pero ninguna de las que había visto duró más que algunas horas. Solo quería esperar la llamada de su hija; era todo lo que le pedía a Dios en ese momento. Vivían en un país lleno de privilegios, donde los jóvenes tenían todo lo que deseaban, los adultos sabían que si trabajaban duro llegarían a la jubilación sin mayores problemas, seguirían bebiendo el mejor vino del mundo, alimentándose con la mejor cocina del mundo y caminando sin sobresaltos por la ciudad más bonita del mundo.

La llamada de su hija llegó alrededor de las dos de la mañana; él mantenía el televisor encendido, los dos canales estatales estaban transmitiendo y analizando, analizando y transmitiendo, lo que sucedía en París.

—No te preocupes, papá, estoy bien. Y tengo que ceder pronto el teléfono a otra persona aquí a mi lado, así que después te explico.

Trató de preguntar algo, pero ella ya había colgado el teléfono.

Pasó la noche en vela. Las manifestaciones estaban prologándose mucho más de lo que imaginaba. Las cabezas parlantes de la televisión estaban tan sorprendidas como él, porque todo aquello había explotado de una hora para otra, sin aviso. Pero intentaban demostrar calma, explicar las confrontaciones entre policías y estudiantes usando las pomposas palabras de sociólogos, políticos, analistas, algunos policías, unos pocos estudiantes y cosas de esa índole.

La adrenalina salió de su sangre y él cayó exhausto en el sofá. Cuando abrió los ojos, ya era de día, hora de ir al trabajo, pero alguien en la televisión —que había estado encendida toda la noche— alertaba que nadie saliera de casa, que los "anarquistas" estaban tomando facultades y estaciones del metro, cerrando calles, impidiendo que los autos circularan libremente. Violando el derecho fundamental de todos los ciudadanos, según alguien.

Llamó al trabajo, nadie contestó. Llamó a la sede y una persona que había pasado la noche ahí porque vivía en los suburbios y no tenía cómo ir a su casa le informó que era inútil intentar transportarse ese día; poquísimas personas, solo las que vivían en las inmediaciones de la sede, habían logrado llegar.

—De hoy no pasa —dijo la persona anónima con la que estaba hablando. Pidió hablar con su jefe, pero este, como muchos otros, no se había presentado a trabajar.

La agitación y las confrontaciones no se enfriaron como se esperaba; al contrario, la situación empeoró cuando vieron el trato que la policía estaba propinando a los estudiantes.

La Sorbona, símbolo de la cultura francesa, acababa de ser tomada, y sus profesores se adherían a las manifestaciones o eran expulsados del lugar. Se crearon varios comités con varias propuestas que después serían implementadas o descartadas, decía la televisión, a esas alturas mostrando ya más simpatía por los estudiantes.

Las tiendas de su barrio estaban cerradas, excepto una, atendida por un indio, en la que había una fila de gente en la puerta esperando ser atendida. Jacques hizo pacientemente la fila, escuchando los comentarios de quienes estaban ahí: "¿Por qué el gobierno no hace nada?", "¿por qué pagamos impuestos tan altos para que la policía sea incapaz de actuar en un momento así?", "esto es culpa del Partido Comunista", "esto es culpa de la educación que damos a nuestros hijos, que ahora se creen con derecho de volverse contra todo lo que les enseñamos".

Cosas de ese tipo. Lo único que nadie era capaz de explicar era por qué estaba pasando aquello. "No sabemos nada".

Pasó el primer día.

Y pasó el segundo.

Y la primera semana terminó.

Y todo no hacía más que empeorar.

Su departamento quedaba en una pequeña colina en Montmartre, a tres estaciones de metro de su trabajo, y desde la ventana podía escuchar las sirenas, ver el humo de los neumáticos quemados, mirar sin parar a la calle, esperando que llegara su hija. Ella apareció tres días después, tomó un baño rápido, tomó algunas de sus ropas —ya que las de ella estaban en su departamento—, comió lo que pudo y salió de nuevo, diciendo: "Después te explico".

Y lo que él había pensado que sería pasajero, una furia contenida, terminó por expandirse por toda Francia; los empleados secuestraban a sus patrones, se decretó una huelga general. La mayoría de las fábricas fue tomada por los trabajadores, así como había ocurrido con las universidades una semana antes.

Francia se paralizó. Y el problema dejaron de ser los estudiantes, que parecían haber cambiado de foco y ahora agitaban banderas como "amor libre", o "abajo el capitalismo", o "por la apertura de las fronteras para todos", o "burgueses, ustedes no entienden nada".

Ahora el problema era la huelga general.

La televisión era su único medio de información. Y ahí vio, para su sorpresa y vergüenza, que después de veinte días de infierno el presidente de Francia, el general Charles de Gaulle, aquel que había resistido a los nazis, que había acabado con la guerra colonial en Argelia, a quien todos admiraban, finalmente apareció para decir a sus coterráneos que organizaría un referéndum proponiendo "una renovación cultural, social y económica". En caso de que perdiera el referéndum, renunciaría.

Lo que él proponía no significada nada para los obreros, que estaban muy poco interesados en el amor libre, el país sin fronteras, cosas de ese tipo. Solo pensaban en una cosa: un aumento significativo de salario. El primer ministro Georges Pompidou se reunió con los representantes sindicales, los trotskistas, los anarquistas, los socialistas, y solo en ese momento la crisis comenzó a retroceder, porque cuando todos se pusieron frente a frente cada uno tenía una reivindicación diferente. La división es el gobierno.

Jacques decidió participar en una marcha a favor de De Gaulle. Francia entera presenció estremecida lo que sucedió. La marcha, que se organizó prácticamente en todas las ciudades, terminó reuniendo a una cantidad inmensa de personas, y los que comenzaron eso que Jacques nunca dejó de llamar "anarquía" comenzaron a menguar. Se firmaron nuevos contratos de trabajo. Los estudiantes, que ya no tenían nada que reivindicar, comenzaron a volver poco a poco a los salones de clase con la sensación de haber logrado una victoria que no significaba absolutamente nada.

A finales de mayo (o principios de junio, no podía precisarlo bien), su hija finalmente volvió a casa y dijo que habían conseguido todo lo que querían. Él no le preguntó qué querían y ella no lo explicó, pero parecía cansada, decepcionada, frustrada. Los restaurantes ya estaban abriendo, así que fueron a cenar a la luz de las velas, evitando tocar el asunto —Jacques jamás confesaría que había ido a una marcha A FAVOR del gobierno—, y el único comentario que tomó en serio, muy en serio, fue cuando ella dijo:

—Estoy cansada de estar aquí. Voy a viajar y a vivir lejos.

Al final, desistió de la idea porque antes tenía que "terminar sus estudios", y él entendió que quienes pugnaban por una Francia próspera y competitiva habían vencido. Los verdaderos revolucionarios no están ni siquiera un poco preocupados por graduarse y tener un diploma.

Desde entonces, leyó miles de páginas de explicaciones y justificaciones por parte de filósofos, políticos, editores, periodistas, etcétera. Citaban el cierre de una universidad en Nanterre a principios de mes, pero eso no podía justificar toda la furia que había presenciado las pocas veces en que se aventuró fuera de casa.

Y nunca vio una única, una sola línea que pudiera hacerle decir: "Ah, eso fue lo que provocó todo".

El segundo —y definitivo— momento de transformación fue una cena en uno de los más lujosos restaurantes de París, donde llevaba a los clientes especiales, compradores potenciales de otros países y ciudades. Mayo de 1968 era ya algo superado en Francia, aunque hubiera esparcido el fuego por otros lugares del mundo. Nadie quería pensar en eso y, si algún cliente extranjero osaba preguntar al respecto, él delicadamente cambiaba de tema, argumentando que "los periódicos siempre exageran las cosas".

Y ahí moría la conversación.

Era amigo íntimo del dueño del restaurante, quien lo llamaba por su nombre de pila y eso impresionaba a sus invitados; era, por cierto, parte del plan. Entraba, los meseros lo dirigían a su mesa (que siempre cambiaba según la ocupación del restaurante, pero los invitados no lo sabían), les servían enseguida una copa de champaña a cada uno, les entregaban los menús, les tomaban las órdenes, el vino caro ("El de siempre, ¿verdad?", preguntaba el mesero, y Jacques asentía con la cabeza), y las conversaciones eran las mismas (los recién llegados querían saber si debían ir al Lido, al Crazy Horse o al Moulin Rouge, increíble cómo París quedaba reducida a ESO en el exterior). No se hablaba de trabajo en una cena de negocios sino hasta el final, cuando se ofrecía a todos un excelente puro cubano, los últimos detalles siendo convenidos por gente que se creía importantísima, cuando en realidad el departamento de ventas ya tenía todas las cosas previstas y solo necesitaba las firmas, lo que ocurría siempre.

Cuando todos ordenaron, el mesero se volvió hacia él:

—¿Lo de siempre?

Lo de siempre: ostras de entrada. Explicaba que debían servirse vivas; como la mayoría de sus invitados eran extranjeros, quedaban horrorizados. Su plan era enseguida pedir caracoles (los famosos *escargots*). Terminaría con un plato de ancas de rana.

Nadie se atrevía a acompañarlo, y eso era lo que él quería. Era parte del *marketing*.

Todas las entradas fueron servidas al mismo tiempo. Llegaron las ostras y los demás aguardaron lo que ocurriría después. Él exprimió un poco de limón sobre la primera, que se movió, para sorpresa y espanto de los invitados. Se la puso en la boca y dejó que se deslizara hacia su estómago, saboreando el agua salada que siempre quedaba en la concha.

Y, dos segundos después, ya no podía respirar. Intentó mantener la pose, pero era imposible; cayó al suelo y comprendió que iba a morir en ese momento, mirando el techo y sus candiles de cristal auténtico, posiblemente traídos de Checoslovaquia.

Su visión comenzó a cambiar de color; ahora solo veía negro y rojo. Intentó sentarse —había comido decenas, centenares, miles de ostras en su vida—, pero el cuerpo no respondía a los movimientos. Trataba de tomar aire, pero no entraba de ninguna manera.

Hubo un momento rápido de ansiedad y Jacques murió.

De repente, estaba flotando en el techo del restaurante. Las personas estaban a su alrededor, otras intentaban abrir espacio, un mesero marroquí corría hacia la cocina. La visión no era exactamente nítida y clara; era más bien como si hubiera una película transparente o una especie de agua corriendo entre él y la escena allá abajo. Ya no había miedo ni nada; una inmensa paz lo inundaba todo y el tiempo, porque todavía había tiempo, aceleraba. Las personas allá abajo parecían moverse en cámara lenta, mejor dicho, en fotogramas de película. El marroquí volvió de la cocina y las imágenes desaparecieron; solo quedó el vacío completo, blanco, y la paz, casi palpable. Al contrario de lo que muchos dicen en ocasiones como esa, no vio ningún túnel negro; sentía que había una energía de amor a su alrededor, algo que hacía mucho tiempo no experimentaba. Era un bebé en el vientre de su madre, solo eso; no quería salir de ahí nunca más.

De pronto sintió que una mano lo agarraba y lo jalaba hacia abajo. No quería ir; por fin estaba gozando aquello por lo que siempre había luchado y esperado toda su vida: tranquilidad, amor, música, amor, tranquilidad. Pero la mano lo jaló con inmensa violencia y no pudo luchar contra eso.

Lo primero que vio cuando abrió los ojos fue el rostro del dueño del restaurante, entre preocupado y contento. Su corazón estaba desbocado, sentía náuseas, ganas de vomitar, pero se controló. Sudaba frío y uno de los meseros trajo un mantel para cubrirlo.

—¿Dónde consiguió ese color ceniza con ese bello tinte entre rojo y azulado? —preguntó el dueño.

Sus compañeros de mesa, sentados a su alrededor en el suelo, también parecían aliviados y aterrorizados. Él trató de levantarse, pero el dueño se lo impidió.

—Descanse. No es la primera vez que eso ocurre aquí, ni será la última, me imagino. Por eso no solo la gente sino también la mayor parte de los restaurantes está obligada a tener un equipo de primeros auxilios, con esparadrapos, desinfectantes, un desfibrilador para casos de ataque cardiaco y, lo que es providencial, una inyección de adrenalina como la que acabamos de usar. ¿Tiene el teléfono de algún familiar? Estamos llamando a la ambulancia, pero usted está completamente fuera de peligro. Ellos van a pedir lo mismo, un teléfono, pero si no tiene ningún familiar imagino que alguno de sus compañeros podría acompañarlo.

—¿La ostra? —fueron sus primeras palabras.

—Claro que no, nuestros productos son de primera calidad. Pero no sabemos lo que comen. Y, por lo visto, nuestra amiga, en vez de crear una perla con su enfermedad, decidió intentar matarlo.

¿Qué fue?

En ese momento la ambulancia ya había llegado; intentaron colocarlo en una camilla, pero él dijo que estaba bien, necesitaba creerlo; se levantó con un poco de esfuerzo, pero los paramédicos lo acostaron de nuevo, esta vez en la camilla. Decidió no discutir ni decir nada. Le preguntaron si tenía el teléfono de algún familiar. Él dio el de su hija y eso era una buena señal, porque podía pensar con claridad.

Los médicos le tomaron la presión, le pidieron que siguiera determinada luz con los ojos, que se pusiera el dedo de la mano derecha en la punta de la nariz; obedeció cada orden, estaba loco por salir de ahí. No necesitaba ningún hospital, aunque pagara una fortuna en impuestos para que el servicio de salud fuera excelente y gratuito.

—Vamos a dejarlo en observación esta noche —le dijeron mientras caminaban hacia la ambulancia que estaba en la puerta, en torno a la cual ya se habían reunido varios curiosos, siempre contentos de ver a alguien que estaba peor que ellos. El morbo del ser humano no conoce límites.

Yendo en dirección al hospital, sin la sirena encendida (buena señal), preguntó si había sido la ostra. El paramédico a su lado confirmó lo que había dicho el dueño. Si hubiera sido la ostra, habría tardado más tiempo, incluso horas.

¿Y qué fue?

—Alergia.

Pidió que le explicaran mejor. El dueño del restaurante había dicho que debió ser algo que la ostra había comido, y de nuevo lo confirmaron. Nadie sabía cómo y cuándo eso solía ocurrir, pero sabían cómo tratarlo. El nombre técnico es "*shock* anafiláctico". Sin querer asustarlo, uno de los paramédicos le explicó que las alergias aparecen sin dar el menor aviso.

—Por ejemplo, usted puede comer granadas desde la infancia, pero un día una de ellas logra matarlo en pocos minutos porque su cuerpo desarrolló algo que no podemos explicar.

Por ejemplo, una persona pasa años cuidando su jardín, las hierbas son las mismas, el polen no cambió de calidad, hasta que un día comienza a toser, siente un dolor de garganta, después en el cuello, piensa que está resfriado y que debe entrar a la casa, pero ya no logra caminar. No era un dolor de garganta, sino un estrechamiento de tráquea. *Troppo tardi.* Y eso pasa con cosas con las que estamos en contacto toda nuestra vida.

Los insectos tal vez puedan ser más peligrosos, pero aun así no vamos a pasar toda la vida teniéndole miedo a las abejas, ¿no es verdad?

Pero no se asuste. Las alergias no son graves y no discriminan edad. Lo que es grave es el *shock* anafiláctico, como el que usted tuvo; el resto es escurrimiento de nariz, ronchas rojas en la piel, urticaria, cosas de ese tipo.

Llegaron al hospital y su hija estaba en la recepción. Ya sabía que su padre había sufrido un *shock* alérgico, lo que puede ser fatal si no es tratado a tiempo; pero esos casos son rarísimos. Fueron a un cuarto privado; Marie ya le había proporcionado al hospital el número de seguro y no era necesario ponerlos en una habitación colectiva.

Se cambió de ropa. En la prisa, Marie había olvidado traer una piyama, así que se puso lo que les proporcionó el mismo hospital. Entró un médico, le tomó el pulso: había vuelto a la normalidad; la presión continuaba un poco alta, pero lo atribuyó al estrés que había vivido en los últimos veinte minutos. Pidió que la joven no se demorara mucho; mañana ya estaría en casa.

Marie acercó una silla a la cama, tomó sus manos y, de pronto, Jacques comenzó a llorar. Al principio solo fueron lágrimas corriendo en silencio, que pronto se transformaron en sollozos, que aumentaron de intensidad, y él sabía que necesitaba eso, así que no trató de controlar nada. El llanto fluía y su hija solo le daba palmadas cariñosas en las manos, entre aliviada y asustada, porque era la primera vez que veía a su padre llorar.

No sabía cuánto tiempo había durado aquello. Poco a poco se fue calmando, como si se quitara un peso de los hombros, del pecho, de la mente, de la vida. Marie consideró que ya era hora de dejarlo dormir e intentó retirar la mano, pero él la retuvo.

—No te vayas todavía. Tengo que contarte algo.

Ella reposó la cabeza en el regazo de su padre, como hacía cuando era pequeña para escuchar sus cuentas. Él acarició sus cabellos.

—Sabes que estás bien y que mañana ya puedes ir a trabajar, ¿no?

Sí, él lo sabía. Al día siguiente iría al trabajo, pero no al edificio donde tenía su oficina, sino a la sede. El actual director había crecido en la compañía junto con él y le había mandado un recado diciendo que le gustaría verlo.

—Quiero contarte una cosa: yo morí por algunos segundos, o minutos, o una eternidad, no tengo noción del tiempo porque las cosas pasaban muy despacio. Y de pronto me vi envuelto por una energía de amor que nunca había experimentado antes. Era como si estuviera en presencia de…

Su voz comenzó a temblar, como ocurre cuando alguien está conteniendo el llanto. Pero continuó:

—… como si estuviera en presencia de la Divinidad. Cosa que, como sabes muy bien, jamás creí en mi vida. Elegí para ti una escuela católica porque quedaba cerca de nuestra casa y la enseñanza era excelente. Estaba obligado a participar en las ceremonias religiosas, lo que me mataba de aburrimiento y llenaba a tu madre de orgullo; tus compañeros y sus padres me veían como uno de ellos. Pero la verdad es que era solo un sacrificio que yo hacía por ti.

Continuó acariciando la cabeza de la hija; nunca se le ocurrió preguntar si ella creía o no en Dios porque no era el momento. Por lo visto, ella ya no seguía el catolicismo estricto que le había sido enseñado; siempre vestía ropa exótica, tenía amigos de cabellos largos, escuchaba canciones muy diferentes de Dalida o Edith Piaf.

—Yo siempre tuve todo bien planeado, sabía ejecutar esos planes y, de acuerdo con mi calendario, en breve estaría jubilado y con dinero para hacer lo que me gusta. Pero todo eso cambió en esos minutos o segundos o años en que Dios estaba sujetando mi mano. En cuanto volví al restaurante, al suelo, al rostro preocupado del dueño que fingía calma, entendí que jamás volvería a vivir lo que estaba viviendo.

—Pero a ti te gusta tu trabajo.

—Me gustaba tanto que era el mejor en lo que hacía. Y ahora me quiero despedir de ese trabajo, lleno de buenos recuerdos. Y te quiero pedir un favor.

—Cualquier cosa. Siempre fuiste un padre que me enseñó más con el ejemplo que con lo que decía.

—Pues es eso lo que quiero pedirte. Yo te eduqué durante años y ahora quiero que tú me eduques. Que podamos viajar juntos por el mundo, ver cosas que nunca vi, prestar más atención a la noche y a la mañana. Renuncia a tu empleo y ven conmigo. Pídele a tu novio que sea tolerante, que espere pacientemente tu regreso, y ven conmigo.

Porque necesito dejar que mi alma y mi cuerpo se sumerjan en ríos que desconozco, beber cosas que nunca bebí, mirar montañas que solo veo en la televisión, dejar que el mismo amor que experimenté esta noche vuelva a manifestarse, aunque sea por un minuto cada año. Quiero que me conduzcas a tu mundo. Jamás seré una carga, y cuando creas que debo apartarme, basta con que me lo pidas y lo haré. Y cuando crea que ya puedo volver, regresaremos y daremos otro paso juntos. Quiero que me guíes, repito.

La hija no se movía. Su padre no solo había vuelto al mundo de los vivos sino que había encontrado una puerta o una ventana hacia su propio mundo, que ella jamás se hubiera atrevido a compartir con él.

Ambos tenían sed de lo Infinito. Y saciar esa sed era simple: bastaba con dejar que el infinito se manifestara. Y para eso no necesitaban ningún lugar especial más allá del propio corazón y de la fe que existe, una forma sin forma que todo lo permea y lleva con ella lo que los alquimistas llaman el *anima mundi.*

Jacques llegó al frente del bazar, donde entraban más mujeres que hombres, más niños que adultos, menos bigotes y más señoras con las cabezas cubiertas. Donde estaba parado podía sentir un perfume intenso, una mezcla de perfumes que se transformaban en uno solo y subía a los cielos y bajaba de nuevo a la tierra, trayendo junto con la lluvia la bendición y el arcoíris.

La voz de Karla parecía más dulce cuando se encontraron en el cuarto de hotel para ponerse las ropas que habían lavado el día anterior y salieron a cenar.

—¿Dónde pasaste el día?

Ella nunca había preguntado eso; a su entender, era algo que su madre le preguntaría a su padre, o los adultos casados a sus parejas. Él no tenía ganas de responder y ella no insistió.

—Imagino que fuiste al bazar a buscarme —y comenzó a reír.

—Caminé hacia allá, pero luego cambié de idea y volví al lugar donde estaba antes.

—Tengo una sugerencia que no puedes rechazar: vamos a cenar a Asia.

No se necesitaba mucho esfuerzo para entender lo que proponía: atravesar el puente que une los dos continentes. Pero el *Magic Bus* lo haría pronto, ¿para qué acelerar las cosas?

—Para que un día pueda contar algo que las personas jamás van a creer. Que tomé un café en Europa y veinte minutos después entraba en un restaurante en Asia, dispuesta a comer todo lo bueno que existe ahí.

Era una buena idea. Él podría contarles lo mismo a sus amigos. Ninguno lo creería tampoco; creerían que la droga había afectado su cerebro, ¿pero qué importaba? Realmente había una droga que comenzaba a hacer efecto lentamente; eso había ocurrido aquella tarde con el hombre que había encontrado cuando entró en el centro cultural vacío con las paredes pintadas de verde.

Karla había comprado algún maquillaje en el bazar, porque salió del baño con los ojos pintados, rímel en las pestañas, algo que jamás había visto. Sonreía todo el tiempo, algo en lo que tampoco había reparado antes. Paulo pensó en afeitarse; tenía una eterna barba de candado que ocultaba su quijada prominente, pero en general se afeitaba siempre que podía, y la ausencia de ese acto le traía recuerdos horrorosos, como los días pasados en la prisión. Pero no le había pasado por la cabeza comprar uno de esos rastrillos desechables; había tirado el último del paquete anterior antes de cruzar Yugoslavia. Tomó un suéter comprado en Bolivia, una chamarra de mezclilla con aplicaciones de estrella y bajaron juntos.

No había nadie del autobús en la recepción del hotel, excepto el conductor, entretenido en la lectura de un periódico. Preguntó cómo podía cruzar el puente a Asia. El conductor sonrió:

—Ya sé. Hice lo mismo cuando vine la primera vez.

Les dio la información necesaria para tomar un autobús (ni sueñen en atravesar a pie) y lamentó haber olvidado el nombre del excelente restaurante en el que había almorzado un día, al otro lado del Bósforo.

En realidad, no se dirigían a Asia, sino a la antigua Constantinopla. Pero habían hecho el mismo juego con él y ahora él lo repetía con la pareja. Las ilusiones son siempre bienvenidas.

—¿Cómo están las cosas en el mundo? —preguntó Karla, señalando el periódico. El conductor también parecía estar sorprendido por el maquillaje y la sonrisa. Algo había cambiado.

—Calmadas desde hace una semana. Los palestinos, que según el periódico eran mayoría en el país y estaban preparando un golpe de Estado, lo conocerán para siempre como Septiembre Negro. Así lo están llamando. Pero, fuera de eso, el tráfico fluye normalmente, aunque llamé de nuevo a la oficina y me sugirieron que espere instrucciones aquí.

—Excelente, nadie tiene prisa. Estambul es un mundo para ser descubierto.

—Ustedes deben conocer Anatolia.

—Todo a su tiempo.

Mientras caminaban en dirección a la parada de autobús, notó que Karla tomaba su mano como si fueran lo que no eran, novios. Hablaron un poco de cosas generales, opinaron que era fantástico que fuera noche de luna llena, no hacía viento ni llovía; el tiempo era ideal para aquella cena.

—Yo pago la cuenta hoy —dijo ella—. Tengo unas ganas locas de beber.

El autobús entró en el puente; cruzaron el Bósforo en respetuoso silencio, como si fuera una experiencia religiosa. Se bajaron en el primer punto, caminaron por el borde de Asia, donde había cinco o seis restaurantes con manteles de plástico en las mesas. Se sentaron en el primero. Miraron el paisaje frente a ellos; la ciudad donde los monumentos no estaban iluminados como en Europa, pero donde la luna se encargaba de lanzar la luz más bella de todas.

El mesero se acercó y les preguntó qué deseaban. Ambos le dijeron que escogiera lo mejor de la comida típica. El mesero no estaba acostumbrado a eso.

—Pero tengo que saber lo que quieren. Aquí normalmente todo el mundo sabe lo que quiere.

—Queremos lo mejor. ¿Esa no es respuesta suficiente?

Sin duda lo era. Y el mesero, en vez de reclamar de nuevo, aceptó que la pareja de extranjeros confiara en él. Lo que le daba una inmensa responsabilidad, pero al mismo tiempo una inmensa alegría.

—¿Y qué desean beber?

—El mejor vino de la región. Nada que sea europeo; estamos en Asia.

¡Estaban cenando en Asia, juntos, por primera vez en la vida!

—Desgraciadamente, no servimos bebidas alcohólicas aquí. Reglas estrictas de la religión.

—Pero Turquía es un país laico, ¿no es así?

—Sí, pero el dueño es religioso.

Podían cambiar de lugar si querían; dos cuadras atrás encontrarían lo que deseaban. Pero dos cuadras atrás tomarían vino y perderían ese magnífico paisaje de Estambul iluminada por la luz de la luna. Karla se preguntó a sí misma si podría decir todo lo que pensaba sin beber nada. Paulo no titubeó; sería una cena sin vino.

El mesero trajo una vela roja dentro de una linterna de metal, la encendió en el centro de la mesa, y mientras todo eso sucedía ninguno de los dos decía nada; bebían la belleza y se embriagaban con ella.

—Quedamos en que hablaríamos sobre nuestro día. Me dijiste que caminaste en dirección al bazar para encontrarme y luego cambiaste de idea. Estuvo bien, porque yo no estaba en el bazar. Iremos juntos mañana.

Ella se comportaba de una forma muy diferente, con una suavidad extraña que no era su característica. ¿Habría encontrado a alguien y necesitaba compartir su experiencia?

—Comienza tú. Saliste del lugar donde dijiste que irías en busca de una ceremonia religiosa. ¿Lo lograste?

—No exactamente lo que estaba buscando, pero lo logré.

—Sabía que volverías —dijo el hombre sin nombre cuando vio al muchacho con ropa de colores entrar de nuevo—. Debes haber tenido una experiencia intensa, porque este lugar está impregnado de la energía de los derviches que danzan. Sin embargo, tengo que decirte que todos los lugares de la Tierra tienen la presencia de Dios en sus cosas más pequeñas: en los insectos, en el grano de arena, en todo.

—Quiero aprender el sufismo. Necesito un maestro.

—Entonces busca la Verdad. Procura estar a su lado todo el tiempo, aunque lastime, se quede muda por mucho tiempo o no te diga lo que quieres oír. Eso es sufismo. El resto son ceremonias sagradas que solo aumentan ese estado de éxtasis. Y para participar en ellas deberás convertirte al islam, lo que sinceramente no te aconsejo porque no es necesario participar en una religión solo por sus rituales.

—Pero necesito alguien que me guíe en el camino de la Verdad.

—El sufismo no es eso. Miles de libros han sido escritos sobre el camino de la Verdad y ninguno de ellos explica exactamente lo que es. En nombre de la Verdad, la raza humana ha cometido sus peores crímenes. Hombres y mujeres fueron quemados, la cultura de civilizaciones enteras fue destruida, los que cometían los pecados de la carne eran mantenidos a distancia, los que buscaban un camino diferente eran marginados. Uno de ellos terminó crucificado en nombre de la "Verdad". Pero antes de morir dejó una gran definición de la Verdad. No es lo que nos da seguridad. No es lo que nos da profundidad. No es lo que nos hace mejores que los demás. No es lo que nos mantiene en la prisión de los prejuicios. "La Verdad es lo que nos hace libres. Conocerán la Verdad, y la Verdad los hará libres", dijo Jesús.

Hizo una pausa.

—El sufismo es nada más actualizarse a uno mismo, reprogramar la mente, entender que las palabras son limitadas para describir lo absoluto, lo infinito.

Llegó la comida. Karla sabía exactamente lo que Paulo estaba diciendo, y todo lo que comentaría cuando llegara su turno estaría basado en las palabras de él.

—¿Comemos en silencio? —preguntó ella.

De nuevo, a Paulo le extrañó su comportamiento; normalmente habría dicho la frase entre signos de exclamación.

Sí, comieron en silencio mirando el cielo, la luna llena, las aguas del Bósforo iluminadas por sus rayos, los rostros iluminados por la llama de la vela, el corazón que explota cuando dos extraños se encuentran y de repente van juntos a otra dimensión. Cuanto más nos permitimos recibir del mundo, más recibimos, sea amor o sea odio.

Pero en ese momento no era ni una cosa ni la otra. No buscaba ninguna revelación, no respetaba ninguna tradición; había olvidado lo que decían los textos sagrados, la lógica, la filosofía, todo.

Estaba en el vacío, y el vacío, por su contradicción, lo llenaba todo.

No preguntaron qué era lo que les habían servido; sólo sabían que eran pequeñas porciones en muchos platos. No tenían el valor de beber el agua del lugar, así que pidieron refrescos; más seguro, aunque muchísimo menos interesante.

Paulo se atrevió a hacer la pregunta que lo mataba de curiosidad y que podía arruinar la noche, pero ya no podía controlarse más:

—Estás completamente diferente. Como si hubieras encontrado a alguien y estuvieras enamorada. No tienes que responder si no quieres.

—Encontré a alguien y estoy enamorada, aunque él todavía no lo sepa.

—¿Y ésa fue tu experiencia de hoy? ¿Es eso lo que me quieres contar?

—Sí. Cuando termines tu historia. ¿O ya terminaste?

—No. Pero no tengo que contar el final porque todavía no tiene final.

—Me gustaría oír el resto.

Ella no había mostrado enojo por la pregunta y él procuró concentrarse en la comida; a ningún hombre le gusta saber esas cosas, sobre todo cuando está en compañía de una mujer. Siempre desea que ella esté ahí por completo, concentrada en el momento, en la cena a la luz de las velas, en la luna que iluminaba las aguas y la ciudad.

Comenzó a probar un poco de cada plato: pastas rellenas de carne que parecían ravioles, arroz enrollado en pequeños tubos hechos de hoja de parra, yogurt, panes ácimos recién salidos del horno, frijoles, brochetas de carne, una especie de pizza hecha en forma de barco rellena de aceitunas y especias. Aquella cena demoraría una eternidad. Pero, para sorpresa de ambos, la comida pronto desapareció de la mesa; era demasiado deliciosa como para quedarse ahí, enfriándose y perdiendo el sabor.

El mesero volvió, recogió los platos de plástico y preguntó si podía traer el plato principal.

—¡De ninguna manera! ¡Estamos más que satisfechos!

—Pero lo están preparando; no podemos parar ahora.

—Pagaremos el plato principal, pero, POR FAVOR, ya no traiga nada, o no podremos salir de aquí caminando.

El mesero se rio. Los dos rieron. Soplaba un viento diferente trayendo cosas diferentes, llenando todo a su alrededor de sabores y colores diferentes.

No tenía que ver con la comida, con la luna, con el Bósforo ni con el puente, sino con lo que ambos habían vivido.

—¿Puedes terminar? —dijo Karla, encendiendo dos cigarrillos y entregándole uno a él—. Estoy loca por contarte mi día y mi encuentro conmigo misma.

Por lo visto, había entrado en contacto con su alma gemela. En realidad Paulo ya no estaba interesado en la historia, pero había pedido escucharla y ahora iría hasta el final.

Su mente volvió a la sala verde con partes de las vigas del techo descascaradas y vidrios rotos en las ventanas, que un día debieron haber sido verdaderas obras de arte. El sol ya se había puesto, la sala estaba en penumbras; era hora de volver al hotel, pero Paulo le insistió al hombre sin nombre:

—Pero usted debe haber tenido un maestro.

—Tuve tres, ninguno de ellos vinculado con el islam o conocedor de los poemas de Rumi. Mientras aprendía, mi corazón le preguntaba al Señor: "¿Estoy en el camino correcto?" Y él respondía: "Lo estás". Yo insistía: "¿Y quién es el Señor?" Y él respondía: "Tú".

—¿Quiénes fueron sus tres maestros?

Él sonrió, encendió el narguile azul que estaba a su lado, dio unas bocanadas, se lo extendió a Paulo, quien hizo lo mismo, y se sentó en el suelo.

—El primero fue un ladrón. Cierta vez yo estaba perdido en el desierto y solo pude llegar a casa muy tarde en la noche. Había dejado mi llave con el vecino, pero no tuve el valor de despertarlo a esa hora. Finalmente encontré a un hombre, le pedí ayuda, y él abrió la cerradura en un santiamén.

Quedé muy impresionado y le imploré que me enseñara a hacer eso. Él me dijo que vivía de robar a otras personas, pero yo estaba tan agradecido que lo invité a dormir en mi casa.

Se quedó conmigo un mes. Todas las noches salía y comentaba: 'Me voy a trabajar; continúe su meditación y rece bastante'. Cuando volvía, yo siempre le preguntaba si había conseguido algo. Él invariablemente me respondía: 'No conseguí nada esta noche. Pero, si Dios quiere, mañana lo intentaré de nuevo'.

Era un hombre contento y nunca lo vi desesperado por la falta de resultados. Durante gran parte de mi vida, cuando meditaba y meditaba sin que nada sucediera, sin conseguir mi contacto con Dios, recordaba las palabras del ladrón: 'No conseguí nada esta noche. Pero, si Dios quiere, mañana lo intentaré de nuevo'. Esto me dio fuerzas para salir adelante.

—¿Y quién fue la segunda persona?

—Fue un perro. Yo iba al río para beber un poco de agua cuando apareció. Él también tenía sed. Pero, cuando llegó cerca del agua, vio a otro perro ahí, que no era más que su propia imagen reflejada.

Le dio miedo, se apartó, ladró, hizo todo por alejar al otro perro. Claro que nada sucedió. Finalmente, y porque su sed era inmensa, decidió enfrentar la situación y se lanzó al río; en ese momento, la imagen desapareció.

El hombre sin nombre hizo una pausa y continuó:

—Finalmente, mi tercer maestro fue un niño. Él iba en dirección a la mezquita cerca de la aldea donde yo vivía, con una vela encendida en la mano. Yo le pregunté: '¿Tú mismo encendiste esa vela?' El muchachito dijo que sí. Como me preocupan los niños jugando con fuego, insistí: 'Niño, hubo un momento en que esta vela estuvo apagada. ¿Me podrías decir de dónde vino el fuego que la ilumina?'.

El niño se rio, apagó la vela y me preguntó a su vez: 'Y usted, ¿me podría decir adónde se fue el fuego que estaba aquí?'.

En ese momento comprendí cuán estúpido había sido siempre. ¿Quién enciende la llama de la sabiduría? ¿Hacia dónde va? Entendí que, igual que aquella vela, el hombre lleva durante ciertos momentos en su corazón el fuego sagrado, pero nunca sabe dónde fue encendido. A partir de ahí, comencé a prestar más atención a todo lo que me rodeaba: nubes, árboles, ríos y bosques, hombres y mujeres. Y todo me enseñaba lo que necesitaba saber en ese momento, y las lecciones desaparecían cuando ya no me eran necesarias. Tuve miles de maestros en toda mi vida.

Aprendí a confiar en que la llama siempre estaría brillando cuando necesitara de ella; fui un discípulo de la vida y todavía sigo siéndolo. Logré aprender con las cosas más simples y más inesperadas, como las historias que los padres les cuentan a sus hijos.

Es por eso que casi la totalidad de la sabiduría sufí no está en los textos sagrados, sino en historias, oraciones, danzas y contemplación.

Se escucharon de nuevo los altoparlantes de las mezquitas, con los muecines llamando a los fieles para la oración del final del día. El hombre sin nombre se arrodilló con el cuerpo vuelto hacia La Meca e hizo su oración. Cuando terminó, Paulo preguntó si podía regresar de nuevo al día siguiente.

—Claro —respondió él—. Pero no vas a aprender nada más que lo que tu corazón quiera enseñarte. Porque todo lo que tengo para ti son historias y un lugar que puedes aprovechar siempre que estés en busca de silencio, y cuando no tengamos danzas religiosas.

Paulo se volvió a Karla:

—Ahora te toca a ti.

Sí, ella lo sabía. Pagó la cuenta y caminaron hasta la orilla del estrecho. Se podían escuchar los autos y los bocinazos en el puente, pero eran incapaces de arruinar la luna, el agua, la vista de Estambul.

—Hoy me senté del otro lado y me quedé horas mirando correr el agua. Recordé cómo había vivido hasta hoy, de los hombres que conocí y de mi comportamiento, que parecía no cambiar nunca. Ya estaba cansada de mí misma.

"Y me pregunté: ¿por qué soy así? ¿Seré la única o existen otras personas incapaces de amar? Conocí a muchos hombres en mi vida que estuvieron dispuestos a todo por mí y no me enamoré de ninguno. A veces pensaba que por fin había encontrado a mi príncipe azul, pero ese sentimiento no duraba mucho y pronto ya no podía aguantar más la compañía de esa persona, por más cariñosa, atenta o amorosa que fuera. No daba mayores explicaciones; sólo decía la verdad. Ellos intentaban todo para reconquistarme, pero era inútil. Una simple caricia en mi brazo tratando de justificar algo, me repugnaba.

Estuve con gente que amenazó con suicidarse; gracias a Dios sólo amenazó. Jamás sentí celos. En determinado momento de mi vida, cuando superé la barrera de los veinte años, pensé que estaba enferma. Nunca fui fiel; conseguía amantes diferentes, incluso cuando estaba con alguien dispuesto a hacer todo por mí. Conocí a un psiquiatra o psicoanalista, no sé exactamente qué era, y fuimos a París. Por primera vez, alguien lo notó y luego salió con frases hechas: yo necesitaba ayuda médica; a mi organismo le faltaba alguna cosa que es producida por las glándulas. En lugar de buscar ayuda médica, lo que hice fue volver a Ámsterdam.

Como puedes haberte dado cuenta e imaginado, puedo seducir a los hombres con facilidad. Pero pronto pierdo el interés. Por eso mi idea de ir a Nepal: pensaba no volver nunca, envejecer descubriendo mi amor por Dios que, confieso, hasta el momento solo es algo que imagino tener, de lo que no estoy completamente convencida.

El hecho es que no encontraba respuesta para esa pregunta. No quería ir a ver a médicos; simplemente quería desaparecer del mundo y dedicar mi vida a la contemplación. Nada más.

Porque una vida sin amor no vale la pena. ¿Qué es una vida sin amor? Es un árbol que no da frutos. Es dormir sin soñar. A veces, es como una incapacidad para dormir. Es vivir un día después de otro en espera de que el sol entre en un cuarto completamente cerrado, pintado de negro, donde sabes que existe una llave, pero no deseas abrir la puerta y salir.

Su voz comenzaba a temblar, como si estuviera a punto de llorar. Paulo se acercó a ella e intentó abrazarla, pero Karla lo apartó.

—Todavía no termino. Siempre fui una maestra que manipulaba a todos, y eso me hizo confiar tanto en mí, en mi superioridad, que me decía inconscientemente: "Solo me entregaré por completo el día en que aparezca alguien capaz de domarme". Y, hasta hoy, nunca apareció.

Se volvió hacia él con ojos en que las posibles lágrimas habían sido sustituidas por chispas.

—¿Por qué estás aquí, en este lugar de ensueño? Porque YO QUISE. Porque necesitaba una compañía y pensé que tú serías ideal, incluso después de ver todas tus fallas, como bailar atrás de los Hare Krishna fingiendo que eras un hombre libre, ir a la casa del sol naciente para demostrar coraje cuando en realidad era una estupidez. Aceptar visitar un molino (¡UN MOLINO!) como si estuvieras visitando las planicies de Marte.

—Tú insististe.

Karla no había insistido; solo lo había sugerido, pero por lo visto sus sugerencias normalmente eran entendidas como órdenes. Continuó, sin dar mayores explicaciones:

—Y fue ese día, cuando volvíamos del molino y nos dirigíamos a MI objetivo, a comprar el boleto para ir a Nepal, cuando me di cuenta de que estaba enamorada. Ninguna razón especial, nada que fuera distinto al día anterior; nada que hubiera sido dicho, ningún un gesto. Absolutamente nada.

Yo estaba enamorada. Y sabía que, como en las ocasiones anteriores, no iba a durar mucho. Tú eres el hombre completamente equivocado para mí.

"Pero me quedé esperando que el sentimiento pasara. Y no pasó. Cuando comenzamos a conversar más con Rayan y con Mirthe, sentí celos. Había sentido envidia, rabia, inseguridad, pero... ¿celos? No formaban parte de mi universo. Pensé que ustedes deberían prestarme más atención a mí, que soy tan independiente y tan bonita, tan inteligente y tan decidida. Deduje que no eran exactamente celos de otra mujer sino del hecho de que, en ese momento, yo no estaba siendo el centro de atención."

Karla tomó su mano.

—Y hoy en la mañana, cuando miraba el río y recordaba la noche en que bailamos juntos en torno a la fogata, descubrí que no era pasión; no era nada de eso. Era amor. Incluso después del momento de intimidad que tuvimos ayer en la noche, en el que te mostraste como un pésimo amante, seguí amándote. Cuando me senté a la orilla del estrecho, te seguí amando. Sé que te amo y sé que tú me amas. Y que podemos pasar el resto de nuestras vidas juntos, sea en la carretera, sea en Nepal, sea en Río, sea en medio de una isla desierta. Yo te amo y te necesito.

No me preguntes por qué te estoy diciendo esto; jamás se lo dije a nadie. Y sabes que estoy hablando con la verdad. Yo te amo y no estoy buscando explicaciones para mis sentimientos.

Ella volteó el rostro, esperando que Paulo la besara. Él la besó de una manera extraña y dijo que tal vez fuera bueno volver a Europa, al hotel. Había sido un día de muchas cosas, de emociones fuertes y de deslumbramientos.

Karla sintió miedo.

Paulo sintió todavía más miedo, porque en realidad estaba viviendo una bella aventura con ella; hubo momentos de pasión, instantes en que quería que ella estuviera siempre a su lado; pero eso ya había pasado.

No, él no la amaba.

Las personas se reunían en el desayuno para intercambiar experiencias y sugerencias. Karla normalmente estaba sola; cuando le preguntaban por Paulo, decía que él quería aprovechar cada segundo para entender mejor a los llamados "derviches danzantes" y, por eso, iba todas las mañanas a reunirse con alguien que le estaba enseñando.

—Él me dice que los monumentos, las mezquitas, las cisternas, las maravillas de Estambul pueden esperar, porque siempre estarán ahí; pero lo que está aprendiendo puede desaparecer de un momento a otro.

Las personas entendían perfectamente. A fin de cuentas, no había, que supieran, ninguna relación íntima entre los dos, a pesar de haber alquilado la misma habitación.

La noche que volvieron de Asia, después de cenar, habían hecho el amor de forma tan maravillosa que terminó sudada, contenta y dispuesta a todo por aquel hombre. Sin embargo, él hablaba cada vez menos.

Ella no se atrevía a preguntar lo obvio: "¿Tú me amas?", simplemente porque estaba segura de eso. Ahora quería hacer un poco a un lado su egoísmo y permitir que él fuera al lugar donde se reunía con el sujeto francés y aprendía sufismo, porque era una oportunidad única. El muchacho parecido a Rasputín la invitó a visitar el museo Topkapi, pero ella se rehusó. Rayan y Mirthe la invitaron a ir juntos al bazar. Habían estado tan entretenidos con todo que se olvidaron de lo principal: ¿cómo vivían las personas? ¿Qué comían? ¿Qué compraban? Ella aceptó y quedaron para el día siguiente.

El conductor dijo que era ese día o nunca. Los conflictos en Jordania estaban bajo control y debían partir al día siguiente. Le pidió a Karla que le avisara a Paulo, como si ella fuera su novia, su amante, su mujer.

La respuesta fue: "Claro que sí", cuando en otras épocas habría dicho algo parecido a lo que Caín dijo sobre Abel: "¿Soy acaso el guardián de mi hermano?".

Al escuchar al conductor, las personas mostraron un profundo descontento. Pero, ¿cómo? ¿La idea no era quedarse toda una semana en Estambul? Apenas era el tercer día; pero en realidad el primero no había contado porque habían llegado demasiado cansados.

—No. La idea era, y sigue siendo, ir a Nepal. Paramos aquí porque no teníamos otra posibilidad. Y tenemos que irnos rápido porque los tumultos pueden reiniciarse, según los periódicos y según la compañía donde trabajo. Además, hay gente en Katmandú que está esperando el viaje de regreso.

La palabra del conductor era definitiva. Quien no estuviera listo para partir al día siguiente, a las once de la mañana, tendría que esperar el siguiente autobús, quince días después.

Karla decidió ir al bazar con Rayan y Mirthe. Jacques y Marie se unieron al grupo. Las personas notaban algo diferente, más ligero, más luminoso, pero nadie se atrevió a decir nada. Esa muchacha, siempre dueña de sí misma y de sus decisiones, debía estar enamorada del brasileño delgado y con barba de candado.

Y ella pensaba: sí, los demás deben notarlo, porque me estoy sintiendo diferente. No saben la razón, pero lo están notando.

Qué bueno era poder amar. Ahora entendía por qué aquello era tan importante para tanta gente; mejor dicho, para todo el mundo. Recordaba, con cierto dolor en el corazón, cuánto sufrimiento debía haber causado, pero no podía hacer nada. El amor es así.

Es aquello que nos hace entender nuestra misión en la Tierra y nuestro propósito en la vida. Quien actúa pensando así será seguido por una sombra de bondad y protección, encontrará calma en los momentos difíciles, dará todo sin exigir nada a cambio; solo la presencia del amante a su lado, el recipiente de luz, la copa de la felicidad, el brillo que ilumina el camino.

Así debería ser y el mundo sería siempre más generoso con los que aman; el mal se transformaría en bien, la mentira en verdad, la violencia en paz.

El amor derrumba al opresor con su delicadeza, sacia la sed de quien busca el agua viva del cariño, mantiene las puertas abiertas para que la luz y la lluvia bendita puedan entrar.

Y hace que el tiempo pase despacio o rápido, pero nunca como pasaba antes: al mismo ritmo, monótono, insoportablemente monótono.

Ella estaba cambiando poco a poco porque los verdaderos cambios toman tiempo. Pero estaba cambiando.

Antes de salir, Marie se le acercó:

—Les dijiste a los irlandeses que trajiste LSD, ¿verdad?

Era verdad. Imposible de detectar, porque ella había sumergido una de las páginas de *El señor de los anillos* en una solución de ácido lisérgico. La había dejado secar al viento en Holanda y ahora sólo era un pasaje en uno de los capítulos del libro de Tolkien.

—Me gustaría mucho, pero mucho, experimentar hoy. Estoy fascinada con la ciudad y tengo que verla con ojos diferentes. ¿Eso sucede?

Sí, eso pasaba. Pero, para quien nunca lo había consumido podía ser el cielo o el infierno.

—Mi plan es simple. Vamos al bazar, yo me "pierdo" ahí y lo hago lejos de todo el mundo, sin molestar a nadie.

La chica no tenía idea de lo que estaba hablando. ¿Hacer un primer viaje de ácido sola, sin molestar a nadie?

En un primer momento, Karla se arrepintió profundamente de haber confesado que había traído una "página" de ácido. Podría haberle dicho que había escuchado mal, podría haber dicho que se estaba refiriendo a los personajes del libro, pero no había mencionado ningún libro. Podría haber dicho que no quería crearse ese karma de introducir a alguien a algún tipo de droga… ¿Pero, ella? ¿Sobre todo en un momento en que su vida había cambiado para siempre, porque cuando amas a alguien comienzas a amar a todo el mundo?

Y miraba a aquella chica, un poco más joven que ella, con la curiosidad de las verdaderas guerreras, de las amazonas listas para enfrentar lo desconocido, lo arriesgado, lo diferente; algo semejante a lo que ella estaba enfrentando. Asustaba, pero era bueno, como bueno y aterrador al mismo tiempo era descubrirse viva, saber que al final existe algo llamado muerte y, aun así, ser capaz de experimentar cada minuto sin pensar en eso.

—Vamos a mi cuarto. Pero antes quiero que me prometas algo.

—Lo que quieras.

—Que en ningún momento te apartarás de mí. Existen varios tipos de LSD y este es el más potente; la experiencia puede ser maravillosa o pésima.

Marie se rio. La holandesa no tenía idea de quién era ella, de las cosas que había experimentado en la vida.

—Prométemelo —insistió.

—Te lo prometo.

Las personas ya estaban preparándose para salir y la excusa "problemas de mujeres" fue perfecta para el momento. En diez minutos estarían de regreso.

Karla abrió la puerta y se mostró orgullosa de enseñarle su cuarto; Marie estaba viendo la ropa extendida para secar, la ventana abierta para que el aire se renovara, y una cama, solo una cama con dos almohadas, desarreglada como si por ahí hubiera pasado un huracán, lo que efectivamente había ocurrido, sacando muchas cosas y metiendo otras.

Fue adonde estaba su mochila, tomó el libro, lo abrió en la página 155 y, con unas pequeñas tijeras que siempre llevaba consigo, recortó el equivalente a medio centímetro cuadrado de papel.

Enseguida se lo entregó a Marie y le pidió que lo masticara.

—¿Sólo eso?

—En realidad, pensé darte sólo la mitad de la dosis. Pero creí que a lo mejor no te hacía efecto, así que te estoy dando la porción normal que solía tomar.

No era verdad. Le estaba dando la mitad de la dosis y, dependiendo del comportamiento y la tolerancia de Marie, haría que tuviera una verdadera experiencia, solo que más tarde.

—Recuerda lo que te estoy diciendo; que solía tomar, porque hace más de un año que no me pongo LSD en la boca y no sé si volveré a hacerlo. Existen otras maneras más eficaces de conseguir el mismo efecto, aunque yo no tenga mucha paciencia para probarlas.

—¿Por ejemplo? —Marie se había metido el papel a la boca; ahora era demasiado tarde para cambiar de idea.

—Meditación. Yoga. Pasión avasalladora. Cosas de ese tipo. Cualquier cosa que nos lleve a pensar en el mundo como si estuviéramos viéndolo por primera vez.

—¿Cuánto tiempo tarda en hacer efecto?

—No sé. Depende de la persona.

Volvió a cerrar el libro, lo guardó de nuevo en la mochila, bajaron y caminaron todos juntos al gran bazar.

Mirthe había tomado un folleto en la recepción del hotel sobre el bazar creado en 1455 por un sultán que había conseguido recuperar Constantinopla de las manos del papa. En una época en que el Imperio Otomano dominaba el mundo, el bazar era el lugar adonde las personas traían sus mercancías, y fue creciendo de manera que las estructuras del techo tuvieron que ser ampliadas muchas veces.

Aun leyendo aquello, no estaban ni remotamente preparados para lo que encontraron —miles de personas caminando por pasillos repletos, fuentes, restaurantes, lugares de oración, cafés, alfombras—; todo, absolutamente todo lo que podría ser encontrado en la mejor tienda por departamentos de Francia: joyas de oro finamente trabajadas, ropa de todas las formas y colores, zapatos, alfombras de todo tipo, artesanos haciendo su trabajo, indiferentes a las personas que pasaban.

Uno de los vendedores quiso saber si estaban interesados en antigüedades; traían escrito en la frente que eran turistas por la simple manera de mirar a su alrededor.

—¿Cuántas tiendas existen aquí? —le preguntó Jacques al vendedor.

—Tres mil. Dos mezquitas. Varias fuentes, una enormidad de lugares donde van a probar lo mejor de la cocina turca. Pero tengo algunos iconos religiosos que no encontrarán en ningún otro lugar.

Jacques le dio las gracias, dijo que volvería en breve; el vendedor sabía que era mentira y todavía intentó insistir un poco más, pero vio que era inútil y les deseó a todos un buen día.

—¿Sabían que Mark Twain estuvo aquí? —preguntó Mirthe, a esas alturas cubierta de sudor y ligeramente asustada por lo que estaba viendo.

Y si se desatara un incendio, ¿por dónde salir? ¿Y dónde quedaba la puerta, la minúscula puerta por donde entraron? ¿Y cómo mantener el grupo unido si cada uno quería parar en un lugar diferente?

—¿Y qué dijo Mark Twain?

—Dijo que era imposible describir lo que había visto, pero que había sido una experiencia mucho más fuerte y más importante que la ciudad. Habló de los colores, de la inmensa variedad de tonos, de alfombras, de personas conversando, del aparente caos en que todo parecía seguir un orden que él no conseguía explicar. "Si quisiera comprar zapatos —escribió—, no necesito caminar por las tiendas en la calle, comparando precios y modelos, sino simplemente encontrar el ala donde están los fabricantes de zapatos, alineados uno detrás del otro, sin que haya la menor competencia o irritación; todo depende de quién sabe vender mejor".

No quiso comentar que el bazar ya había padecido cuatro incendios y un terremoto; no sabía cuántos habían muerto porque el folleto del hotel solo decía eso y evitaba hablar del conteo de los cadáveres.

Karla notó que los ojos de Marie estaban fijos en el techo, en las vigas y en las bóvedas curvadas, y que había comenzado a sonreír como si no pudiera decir nada más que "qué maravilla, qué maravilla".

Caminaban a la velocidad de un kilómetro por hora. Donde paraba uno, paraban todos. Ahora, Karla necesitaba privacidad.

—Si seguimos así, no vamos a llegar ni a la esquina de la próxima ala. ¿Por qué no nos separamos y volvemos a encontrarnos en el hotel? Por desgracia, repito, por desgracia... mañana nos iremos de aquí y tenemos que aprovechar al máximo.

La idea fue recibida con entusiasmo. Jacques se acercó a su hija para llevársela con él, pero Karla lo impidió.

—No me puedo quedar aquí sola. Deja que las dos descubramos juntas este mundo extraterrestre.

Jacques vio que su hija ni siquiera lo miraba; solo decía "¡qué maravilla!", mirando fijamente el techo. ¿Le había ofrecido alguien hachís cuando entraron y ella había aceptado? Pero ya era lo suficientemente adulta como para cuidar de sí misma, así que la dejó con Karla, esa muchacha siempre adelantada a su tiempo y que siempre quería demostrar que era más experta y más culta que todos los demás, aunque en esos días en Estambul hubiera suavizado un poco —solo un poco— su comportamiento.

Siguió adelante y se perdió en la multitud. Karla sujetó a Marie por el brazo.

—Vamos a salir de aquí inmediatamente.

—Pero todo es lindo. Mira los colores: ¡qué maravilla!

Karla no estaba preguntando: estaba dando una orden y comenzó a arrastrarla hacia la salida.

¿La salida?

¿Dónde quedaba la salida?

—¡Qué maravilla! —estaba cada vez más extasiada por lo que veía, y completamente pasiva, mientras Karla preguntaba a varias personas y recibía diversas respuestas diferentes con respecto a la salida más próxima.

Comenzó a ponerse nerviosa. Aquello en sí era un viaje tan poderoso como el del LSD y, si sumaban las dos cosas, no sabía hasta dónde podría llegar Marie.

Su comportamiento más agresivo, más dominante, volvió a incorporarse; iba ora para un lado, ora para el otro, pero no lograba descubrir la puerta por la que habían entrado. No importaba volver por el mismo camino, pero cada segundo ahora era precioso; el aire estaba pesado, las personas sudaban, nadie prestaba atención a nada, excepto a lo que estaba comprando, vendiendo o negociando.

Finalmente se le ocurrió una idea. En vez de estar buscando debía caminar en línea recta, en una sola dirección, porque tarde o temprano terminaría encontrando la pared que separaba el mayor templo al consumo que hubiera conocido, del mundo exterior. Trazó una línea recta, pidiendo a Dios (¿Dios?) que fuera la más corta. Mientras seguían en la dirección escogida, fue interrumpida una infinidad de veces por gente que quería vender productos, pero la empujaba sin la menor ceremonia y sin considerar que podía ser empujada de vuelta.

En el camino encontró a un muchacho joven, cuyo bigote estaba comenzando a crecer, que debía estar entrando, pues parecía buscar algo. Decidió poner en juego todo su encanto, su seducción, su capacidad de convencimiento, y le pidió que la acompañara hasta la salida porque su hermana estaba teniendo una crisis de delirio.

El muchacho miró a la hermana y vio que realmente no estaba ahí sino en un lugar lejano. Quiso conversar un poco, decir que un tío suyo que trabajaba ahí podría ayudar, pero Karla le suplicó que no, que ya conocía los síntomas; todo lo que necesitaba era un poco de aire puro, nada más.

Un poco a regañadientes, a sabiendas de que perdería de vista para siempre a dos chicas tan interesantes, las acompañó a una de las salidas que quedaba a menos de veinte metros de donde estaban.

En el momento en que puso un pie fuera del bazar, Marie decidió abandonar solemnemente sus sueños de una revolución. Jamás volvería a decir que era comunista, luchando para liberar a los trabajadores oprimidos por los patrones.

Sí, había adoptado el modo *hippie* de vestir porque de vez en cuando era bueno estar a la moda. Sí, entendía que su padre estaba un tanto preocupado por eso y que había investigado de modo febril qué significaba aquello. Sí, estaba yendo a Nepal, pero no para meditar en cavernas o frecuentar los templos; su objetivo era entrar en contacto con los maoístas, que preparaban una gran insurgencia contra lo que pensaban era una monarquía tiránica, gobernada por un rey indiferente al sufrimiento de su pueblo.

Había hecho contacto en la universidad con un maoísta exiliado que había viajado a Francia con el propósito de llamar la atención sobre las pocas decenas de guerrilleros que estaban siendo masacrados.

Ahora eso no tenía importancia. Caminaba con la holandesa por una calle absolutamente común, sin ningún atractivo, y todo parecía tener un significado más grande, que iba más allá de las paredes descascaradas y de las personas que pasaban con la cabeza baja, sin mirar mucho.

—¿Notas algo?

—No noto nada, además de la sonrisa luminosa en tu cara. No es una droga que haya sido inventada para llamar la atención.

Marie, sin embargo, sí notaba algo: su compañera estaba nerviosa. No tenía que decirle nada y ni siquiera podía atribuirlo al tono de su voz, sino a la "vibración" que emanaba de ella. Siempre había detestado la palabra *vibración*; no creía en esas cosas, pero ahora veía que era verdad.

—¿Por qué salimos del templo donde estábamos?

Karla la miró de manera extraña.

—Sé que no estuvimos en ningún templo; solo estoy usando una metáfora. Sé mi nombre, tu nombre, nuestro destino final, la ciudad en la que estamos —Estambul— solo que todo parece diferente, como si...

Buscó las palabras por algunos segundos.

—... como si hubiera entrado por una puerta y hubiera dejado atrás todo el mundo conocido, incluyendo las ansiedades, las depresiones, las dudas. La vida parece más simple y al mismo tiempo más rica, más alegre. Soy libre.

Karla comenzó a relajarse un poco.

—Estoy viendo colores que nunca vi, el cielo parece estar vivo, las nubes están dibujando cosas que no logro comprender TODAVÍA, pero estoy segura de que están esbozando mensajes para mí, para guiarme de aquí en adelante. Estoy en paz conmigo misma y no observo al mundo desde afuera: yo soy el mundo. Llevo conmigo la sabiduría de todos los que vivieron antes de mí y dejaron algo marcado en mis genes. Yo soy mis sueños.

Pasaron ante un café, igual a cualquiera de los centenares de cafés que existían en el área. Marie seguía murmurando "¡qué maravilla!" y Karla le pidió que parara, porque ahora sí entrarían a un lugar relativamente prohibido, frecuentado sólo por hombres.

—Saben que somos turistas y espero que no nos hagan nada, ni que nos expulsen. Pero, por favor, compórtate.

Y fue exactamente lo que ocurrió. Entraron, escogieron una mesa en un rincón; todos las miraron sorprendidos. Tardaron algún tiempo en darse cuenta de que ellas no conocían las costumbres de la tierra y volvieron a sus conversaciones. Karla pidió té de menta con mucha azúcar; la leyenda decía que el azúcar ayudaba a disminuir la alucinación.

Pero Marie estaba completamente alucinada. Hablaba de auras luminosas alrededor de las personas; decía que era capaz de manipular el tiempo y que hacía algunos minutos había podido conversar con el alma de un cristiano que había muerto en batalla ahí, en ese mismo lugar donde ahora estaba el café. El cristiano estaba en paz absoluta, en el paraíso, y se sentía contento de poder entrar de nuevo en contacto con alguien en la Tierra. Iba a pedir que le diera un recado a su madre, pero cuando entendió que habían pasado siglos desde que muriera —información dada por Marie—, desistió y agradeció, y desapareció de inmediato.

Bebió el té como si fuera la primera vez en la vida que lo hacía. Quería demostrar con gestos y suspiros cuán delicioso estaba, pero de nuevo Karla le pidió que se controlara. Y otra vez ella sintió la "vibración" que envolvía a su compañera, cuya aura ahora mostraba varios huecos luminosos. ¿Sería eso una señal negativa? No. Parecía que los agujeros eran antiguas heridas que estaban cicatrizando con rapidez. Intentó tranquilizarla; podía hacerlo, sostener una conversación cualquiera y continuar en pleno trance.

—¿Estás enamorada del brasileño?

Karla no respondió. Uno de los huecos luminosos pareció disminuir un poco y ella cambió de tema.

—¿Quién inventó esto? ¿Y por qué no es distribuido gratuitamente a todos los que buscan una unión con lo invisible, tan necesaria para cambiar nuestra percepción del mundo?

Karla comentó que el LSD había sido descubierto por casualidad, en el lugar más inesperado del mundo: Suiza.

—¿En Suiza? ¿Cuyos únicos productos conocidos son bancos, relojes, vacas y chocolates?

—Y laboratorios —remató Karla.

Había sido originalmente descubierto para curar determinada enfermedad, ahora olvidada. Hasta que quien lo sintetizó, o, digamos, lo inventó, decidió años después probar un poco del producto que estaba rindiendo ya millones a las compañías farmacéuticas en todo el mundo. Ingirió una cantidad minúscula e iba a casa en su bicicleta —estaban en plena guerra y, aun en la Suiza neutral de chocolates, relojes y vacas, había racionamiento de gasolina— cuando notó que estaba viendo todo diferente.

El estado de ánimo de Marie cambiaba. Karla debía mantener la conversación.

—Pues bien, ese suizo, y me vas a preguntar cómo sé toda esta historia, pero en realidad recientemente salió un gran artículo en una revista que acostumbro leer en la biblioteca, en fin, ese científico que ya no podía montar su bicicleta… le pidió a uno de sus ayudantes que lo acompañara a su casa; después pensó que tal vez fuera mejor no ir a casa, sino a un hospital, pues debía estar teniendo un infarto. Pero de repente, según sus propias palabras, o algo parecido, porque no me acuerdo exactamente: "Comencé a ver colores que nunca había visto, formas que jamás había notado y que se mantenían aun después de que cerrara los ojos. Era como si estuviera ante un gran caleidoscopio que se abría y se cerraba en círculos y espirales, explotando en fuentes de colores, fluyendo como si fueran ríos de alegría". ¿Me estás prestando atención?

—Más o menos; no sé si estoy pudiendo seguir la conversación. Tiene mucha información: Suiza, bicicleta, guerra, caleidoscopio; ¿no podrías simplificar más?

Bandera roja. Karla pidió más té.

—Haz un esfuerzo. Mírame y escucha lo que te estoy contando. Concéntrate. Esa sensación de malestar va a pasar pronto. Debo confesar una cosa: solo te di la mitad de la dosis que solía tomar cuando usaba LSD.

Eso pareció aliviar a Marie. El mesero trajo el té que Karla pidió. Ella obligó a su compañera a tomarlo, pagó la cuenta y salieron de nuevo al aire frío.

—¿Y el suizo?

Era bueno que recordara dónde se habían quedado en la conversación. Se preguntaba si sería capaz de comprar algún calmante potente en caso de que la situación empeorara y que los portales del infierno sustituyeran a los portales del cielo.

—La droga que tomaste fue vendida abierta y libremente en las farmacias de Estados Unidos durante más de quince años. Y ya sabes cuán rigurosos son ellos con eso. Llegó a ser portada de la revista *Time* por sus beneficios en tratamientos psiquiátricos y alcoholismo. Y terminó siendo prohibida porque daba resultados inesperados de vez en cuando.

—¿Como qué?

—Después hablamos de eso. Ahora procura apartar la puerta del infierno que está ante ti y abre la puerta del cielo. Aprovecha. No tengas miedo, estoy a tu lado y sé de lo que estoy hablando. El estado en que estás debe durar dos horas más, como máximo.

—Voy a cerrar la puerta del infierno y voy a abrir la puerta del cielo —dijo Marie—. Pero sé que aunque pueda controlar el miedo, tú no puedes controlar el tuyo. Estoy viendo tu aura. Estoy leyendo tus pensamientos.

—Tienes razón. Pero entonces también debes estar leyendo que no corres el menor riesgo de morir por eso, a no ser que decidas subir a lo alto de un edificio y ver si, finalmente, logras ser capaz de volar.

—Entiendo. Además, creo que el efecto comenzó a disminuir.

Y sabiendo que no podía morir por eso y que la chica a su lado jamás la llevaría a lo alto de un edificio, su corazón dejó de latir fuerte y ella decidió disfrutar esas dos horas que faltaban.

Y todos sus sentidos —tacto, visión, audición, olfato, gusto— se transformaron en uno solo, como si pudiera experimentar todo al mismo tiempo. Las luces de afuera estaban comenzando a perder su intensidad, pero aun así las personas seguían mostrando sus auras. Ella sabía quién estaba sufriendo, quién estaba feliz, quién iría a morir en breve.

Todo era novedad. No solo porque se hallaba en Estambul, sino porque estaba con una Marie que no conocía, mucho más intensa y más antigua que aquella con la que se había acostumbrado a convivir durante todos esos años.

Las nubes en el cielo estaban cada vez más cargadas, anunciando un posible temporal, y sus formas iban perdiendo poco a poco su significado, antes tan claro. Pero ella sabía que las nubes tienen un código propio para hablar con los humanos y, si miraba el cielo suficientamente en los próximos días, terminaría aprendiendo lo que querían decir.

Pensaba si debía contarle o no a su padre por qué había elegido ir a Nepal, pero habría sido una tontería no seguir adelante ahora que habían llegado tan lejos. Descubrirían cosas que más tarde, con las limitaciones de la edad de ambos, serían más difíciles.

¿Cómo se conocía tan poco? Algunas de sus experiencias desagradables de la infancia volvieron y ya no parecían tan desagradables, solo simples experiencias. Y ella había valorado eso por mucho tiempo. ¿Por qué?

En fin, no tenía que responder; sentía que esas cosas se estaban resolviendo por sí mismas. A veces, cuando miraba lo que creía eran espíritus a su alrededor, la puerta del infierno pasaba delante de ella; pero estaba decidida a no volver a abrirla.

Disfrutaba en aquel momento un mundo sin preguntas y sin respuestas. Sin dudas y sin certezas; disfrutaba el mundo siendo parte indivisible de él. Disfrutaba un mundo sin tiempo, donde pasado y futuro eran solo el momento presente; nada más. A veces su espíritu se mostraba muy viejo, otras veces parecía un niño, aprovechando las novedades, mirando los dedos de su mano y notando que no estaban separados y que se movían, viendo a la chica a su lado y contenta de saber que estaba más calmada; su luz había vuelto, estaba enamorada; sí, la pregunta que le había hecho antes no tenía absolutamente ningún sentido: siempre sabemos cuando estamos enamorados.

Cuando llegaron a la puerta del hotel —después de casi dos horas caminando supo que la holandesa había decidido vagar por la ciudad en espera de que el efecto pasara antes de reunirse con los demás—, Marie escuchó el primer trueno. Y sabía que era Dios que conversaba con ella, diciéndole que ahora volviera al mundo, que todavía tenían mucho trabajo juntos. Debería ayudar a su padre, que soñaba con ser escritor pero que nunca ponía una sola palabra en un papel que no fuera parte de una presentación, un estudio, un artículo.

Tenía que ayudar a su padre como él la había ayudado; eso era lo que le había pedido; él todavía debería vivir mucho. Un bello día ella se casaría, algo en lo que jamás había reflexionado. Lo consideraba el último paso de su vida sin límites y sin restricciones.

Algún día se casaría y su padre tenía que estar feliz con su propia vida, haciendo lo que le gustaría ser. Amaba mucho a su madre y no la culpaba por el divorcio, pero sinceramente quería que su padre encontrara a alguien para compartir los pasos que todos damos en esta sagrada tierra.

Ahora entendía por qué habían prohibido aquella droga; el mundo no funcionaría con ella. Las personas entrarían en contacto solo con ellas mismas, como si fueran billones de monjes meditando al mismo tiempo en sus cavernas interiores, indiferentes a la agonía y a la gloria de los demás. Los autos dejarían de funcionar. Los aviones ya no despegarían. No habría siembra ni cosecha; solo deslumbramiento y éxtasis. Y en poco tiempo la humanidad sería barrida de la Tierra por algo que en principio sería un viento purificador, pero al final se volvería un viento de aniquilación colectiva.

Estaba en el mundo, pertenecía a él, debía cumplir la orden que Dios le había dado con su voz de trueno: trabajar, ayudar a su padre, luchar contra lo que estaba errado, involucrarse en las batallas diarias como todos los demás.

Esa era su misión. Y cumpliría con ella hasta el final. Había sido su primer y último viaje con LSD y estaba contenta de que hubiera terminado.

Aquella noche, el grupo de siempre se reunió y decidió celebrar el último día en Estambul en un restaurante que vendiera bebidas alcohólicas, donde pudieran comer, embriagarse juntos y compartir de nuevo las experiencias del día. Rahul y Michael, los conductores, fueron invitados. Dijeron que iba contra el protocolo de la compañía, pero pronto aceptaron, sin que se necesitara mucha insistencia.

—No me pidan que nos quedemos otro día; no puedo hacer eso o perderé mi empleo.

No le iban a pedir nada. Todavía había mucha Turquía por delante, sobre todo Anatolia, que todos decían que era un lugar magnífico. En realidad, comenzaban a extrañar el paisaje siempre en transformación.

Paulo ya había vuelto de su lugar misterioso; estaba vestido, sabía que partirían al día siguiente. Pidió disculpas y explicó que quería cenar a solas con Karla.

Todos entendieron y celebraron la manera discreta de aquella "amistad".

A dos mujeres les brillaban los ojos. A Marie y a Karla. Nadie preguntó por qué y ninguna de las dos dio explicaciones.

—¿Y cómo estuvo tu día? También habían elegido un lugar donde se podía beber y ya habían terminado la primera copa de vino.

Paulo sugirió que pidieran la comida antes de responder. Karla estuvo de acuerdo. Ahora que finalmente se había convertido en una verdadera mujer, capaz de amar con todas sus fuerzas y sin ninguna necesidad de usar algún tipo de droga para eso, el vino era solo una celebración.

Ya sabía lo que le esperaba. Ya sabía cuál sería la conversación. Lo sabía desde que hicieran el amor de forma tan maravillosa la víspera. En ese momento tuvo ganas de llorar, pero aceptó su destino como si todo ya estuviera escrito. Todo lo que siempre quiso en la vida fue un corazón en llamas, y el hombre que estaba en aquel momento dentro de ella le había dado eso. Y la víspera, cuando ella finalmente confesó su amor, los ojos de él no brillaron como imaginaba que iba a pasar.

No era ingenua, había conseguido lo que más quería en la vida; no estaba perdida en el desierto, corría como las aguas del Bósforo hacia un gigantesco océano donde todos los ríos se encuentran y jamás olvidaría Estambul, al brasileño delgado y sus conversaciones que no siempre lograba entender. Él había logrado un milagro, pero no necesitaba saberlo, o tal vez la culpa lo hiciera cambiar de idea.

Pidieron otra botella de vino. Y solo entonces él comenzó a hablar.

—El hombre sin nombre estaba en el centro cultural cuando llegué. Lo saludé, pero él no devolvió el saludo; sus ojos estaban fijos en algún lugar, en una especie de trance. Me arrodillé a su lado, procuré vaciar mi mente y meditar, entrar en contacto con las almas que ahí danzaron, cantaron y celebraron la vida. Sabía que en algún momento él saldría de ese estado y esperé; en realidad no "esperé" en el sentido literal del término sino que me entregué al momento presente, sin esperar absolutamente nada.

Los altoparlantes llamaron a la ciudad a la oración; el hombre salió de su estado de trance y realizó uno de los cinco rituales del día. Solo entonces notó que yo estaba ahí. Me preguntó por qué había regresado.

Le expliqué que había pasado la noche pensando en nuestro encuentro y que me gustaría entregarme en cuerpo y alma al sufismo. Tenía muchas ganas de contar que había hecho el amor por primera vez en la vida, porque cuando estábamos en la cama, cuando estaba dentro de ti, realmente fue como si estuviera saliendo de mí. No había experimentado eso antes. Pero pensé que el tema era inoportuno y no dije nada.

'Lee a los poetas', fue la respuesta del hombre sin nombre. 'Basta con eso'.

"Para mí no bastaba con eso; necesitaba disciplina, rigor, un lugar para servir a Dios de manera que pudiera estar más cerca del mundo. Antes de ir ahí por primera vez, estaba fascinado con los derviches que danzaban y entraban en una especie de trance. Ahora necesitaba que mi alma bailara conmigo.

¿Debía esperar mil y un días para que eso sucediera? Perfecto, esperaría. Ya había vivido lo suficiente, tal vez el doble de lo que habían vivido mis compañeros de colegio. Podía dedicar tres años de mi vida a intentar entrar en el trance perfecto de los derviches danzantes.

'Amigo mío, un sufí es una persona que está en el momento presente. Decir «mañana» no forma parte de nuestro vocabulario'.

"Sí, yo sabía eso. Mi mayor duda era si estaba obligado a convertirme al islam para avanzar en el aprendizaje.

'No. Solo tienes que hacer una única promesa: rendirte al camino de Dios. Ver Su cara cada vez que bebas un vaso de agua. Escuchar Su voz cada vez que pases ante un mendigo por la calle. Es lo que todas las religiones pregonan y es la única promesa que debes hacer; ninguna otra'.

'Aún no tengo disciplina suficiente para eso, pero con su ayuda podré llegar adonde el cielo se encuentra con la tierra, en el corazón del hombre'.

"El viejo sin nombre me dijo que en eso me podía ayudar, si yo dejaba atrás mi vida entera y obedecia todo lo que él me dijera. Aprender a pedir limosna cuando el dinero se acabara, a ayunar cuando fuera el momento, a servir a los leprosos, a lavar las heridas de los enfermos. A pasar días sin hacer absolutamente nada; solo mirando un punto fijo y repitiendo sin cesar el mismo mantra, la misma frase, la misma palabra.

" 'Vende tu sabiduría y compra un espacio en tu alma, que será llenado por el absoluto. Porque la sabiduría de los hombres y las mujeres es locura delante de Dios'.

"En ese momento, dudé de si sería capaz de hacer eso; tal vez él me estaba probando con la obediencia absoluta. Pero no escuché ninguna vacilación en su voz; sabía que estaba hablando en serio. Sabía también que mi cuerpo había entrado en esa sala verde que se estaba cayendo a pedazos, con vitrales rotos, aquel día particularmente en que no entraba la luz, ya que se aproximaba una tempestad.

"Sabía que mi cuerpo había entrado, pero mi alma se había quedado afuera, esperando ver adónde iría a dar todo eso. Esperando el día en que, por una simple coincidencia, yo entrara ahí y viera a otras personas girando en torno a sí mismas; pero todo sería un ballet bien estructurado y nada más. No era eso lo que estaba buscando.

"Yo sabía que si no aceptaba las condiciones que él me estaba imponiendo en aquel momento, la próxima vez aquella puerta estaría cerrada para mí, aunque yo pudiera seguir entrando y saliendo, como había ocurrido la primera vez.

"El hombre estaba leyendo mi alma, viendo mis contradicciones y mis dudas, y en ningún momento se mostró más flexible; era todo o nada. Dijo que debía volver a su meditación especial y yo le pedí que me respondiera por lo menos tres preguntas más.

" '¿Usted me acepta como discípulo?'.

" 'Acepto tu corazón como discípulo porque no me puedo negar; en caso contrario, mi vida no tendrá ninguna utilidad. Tengo dos maneras de demostrar mi amor a Dios: la primera es adorarlo día y noche, en la soledad de esta sala, pero eso no tendría la menor utilidad para Él o para mí. La segunda es cantar, bailar y mostrar Su rostro a todos a través de mi alegría'.

" '¿Usted me acepta como discípulo?', pregunté por segunda vez.

" 'Un pájaro no puede volar con una sola ala. El maestro sufí no es nada si no puede transmitir su experiencia a alguien'.

" '¿Usted me acepta como discípulo?', pregunté por tercera y última vez.

" 'Si mañana cruzas esa puerta como lo hiciste estos dos días, te acepto como discípulo. Pero estoy casi seguro de que te vas a arrepentir'."

Karla llenó de nuevo dos copas y brindó con Paulo.

—Mi viaje termina aquí —repitió él, quizá dudando de que ella hubiera comprendido lo que acababa de decir—. No tengo nada que hacer en Nepal.

Y se preparó para el llanto, la furia, la desesperación, los chantajes emocionales… Todo lo que ahora diría la mujer que le había dicho "te amo" la noche anterior.

Pero ella solo sonreía.

—Nunca pensé que fuera capaz de amar a alguien como te amo a ti —respondió Karla, después de que ambos vaciaran las copas y ella las volviera a llenar—. Mi corazón estaba cerrado y eso nada tiene que ver con psicólogos, ausencia de sustancias químicas o cosas de ese tipo. Es algo que jamás podré explicar, pero de repente, no sé precisar exactamente el momento, mi corazón se abrió. Y te amaré por el resto de la vida. Cuando esté en Nepal, te estaré amando. Cuando vuelva a Ámsterdam, te estaré amando. Cuando finalmente me enamore de otra persona, seguiré amándote, aunque sea de una forma diferente a la que siento hoy.

"Dios, que no sé si existes, pero espero que estés aquí a nuestro lado, escuchando mis palabras, te pido que nunca más permitas que yo quede satisfecha solo con mi propia compañía. Que no tema necesitar a alguien y que no tenga miedo de sufrir, porque no existe peor sufrimiento que la sala gris y oscura donde el dolor no puede entrar.

"Y que ese amor del que tantos hablaban, que tantos compartían y tantos sufrían, que ese amor me conduzca a esta era desconocida que ahora se está revelando. Que, como dijo un poeta alguna vez, me lleve a la tierra donde no existe ni sol, ni luna, ni estrellas, ni tierra, ni el sabor del vino en mi boca; solo el Otro, aquel que encontraré porque tú me abriste el camino.

"Y que pueda caminar sin necesidad de usar los pies, ver sin tener que mirar, volar sin pedir que me crezcan alas.

Paulo estaba sorprendido y contento al mismo tiempo. Ambos estaban ahí entrando a un lugar desconocido, con sus terrores y sus maravillas. Ahí, en Estambul, un lugar donde podrían haber visitado tantos lugares turísticos que les habían sugerido, pero donde eligieron visitar sus propias almas, y no había nada mejor ni más reconfortante que eso.

Se levantó, le dio vuelta a la mesa y la besó, a sabiendas de que eso iba en contra de las costumbres locales, de que los parroquianos podrían ofenderse; aun así la besó con amor y sin lujuria, con voluntad y sin culpa, porque sabía que era el último beso que se daban.

No quería destruir la magia del momento, pero aun así tenía que preguntar:

—¿Esperabas eso? ¿Estabas preparada para eso?

Karla no respondió; solo sonrió, y él se quedaría para siempre sin saber la respuesta —y eso era el verdadero amor: una pregunta sin respuesta.

Insistió en llevarla hasta la puerta del autobús. Ya le había avisado al conductor que se quedaría ahí, aprendiendo lo que tenía que aprender. Por un breve momento tuvo ganas de repetir la famosa frase de *Casablanca*: "Siempre tendremos París". Pero sabía que era una tontería y necesitaba apresurarse para volver a la sala verde y al maestro sin nombre.

Las personas en el autobús fingían que no veían nada. Nadie se despidió de él porque nadie —además del conductor— sabía que ese sería el final de su viaje.

Karla lo abrazó sin decir nada, pero podía sentir su amor como algo casi físico, una luz surgiendo cada vez con más intensidad, como si el sol de la mañana se estuviera levantando e iluminando primero las montañas, después las ciudades, luego las planicies, posteriormente el mar.

La puerta se cerró y el autobús partió. Todavía pudo escuchar más de una voz allá adentro diciendo:

—¡Hey, el brasileño todavía no ha abordado! —pero el autobús ya estaba lejos.

Un día volvería a encontrar a Karla para saber cómo había sido el resto del viaje.

EPÍLOGO

En febrero de 2005, cuando ya era un autor conocido en el mundo entero, Paulo fue a dar una conferencia en Ámsterdam. En la mañana de aquel día, uno de los principales programas de la televisión de Holanda lo entrevistó en el antiguo dormitorio, ahora transformado en un hotel para no fumadores, con precios altos y un pequeño, pero prestigisos, restaurante de lujo.

Nunca más tuvo noticias de Karla. La guía *Europa en cinco dólares al día* se había transformado en *Europa en treinta dólares al día*. El Paraíso estaba cerrado (reabriría algunos años más tarde, todavía como lugar de conciertos). Dam estaba desierta, era apenas una plaza con aquel misterioso obelisco en medio del que nunca supo, y le gustaría seguir sin saber, cuál era el objetivo.

Sintió la tentación de caminar por las calles donde anduvieron para ir al restaurante donde se comía gratis, pero siempre estaba acompañado por alguien: la persona que había organizado la conferencia. Creyó mejor volver a su hotel para preparar lo que diría aquella noche.

Tenía la leve esperanza de que Karla, sabiendo que estaba en la ciudad, fuera a reencontrarse con él. Imaginó que no se había quedado mucho tiempo en Nepal, de la misma manera en que él abandonara la idea de convertirse en un sufí, aunque hubiera resistido casi un año y aprendido cosas que lo acompañarían el resto de la vida.

Durante la conferencia, contó parte de la historia de la que trata este libro. En cierto momento, no pudo controlarse y preguntó:

—Karla, ¿estás aquí?

Nadie levantó la mano. Podía ser que estuviera, podía ser que ni siquiera hubiera escuchado hablar de su presencia en la ciudad, o podía ser que estuviera, pero prefiriera no volver al pasado.

Mejor así.

Ginebra, 3 de febrero de 2018

Todos los personajes de este libro son reales, pero —con excepción de dos— cambié sus nombres ante la imposibilidad de localizarlos (solo conocía su primer nombre).

Tomé el episodio de la prisión en Ponta Grossa (en 1968) y agregué detalles de las otras dos veces en que fui sometido durante la dictadura militar (en mayo de 1974, cuando componía letras de canciones).

Agradezco a mi editor, Matinas Suzuki Jr., a mi agente y amiga, Mónica Antunes, y a mi mujer, la artista plástica Christina Oiticica (quien dibujó el mapa de la ruta completa del *Magic Bus*). Cuando escribo un libro, me encierro prácticamente sin conversar con nadie y no me gusta hablar de lo que estoy haciendo. Christina finge que no sabe, y yo finjo que creo que ella no sabe.

PAULO COELHO es uno de los escritores más influyentes de nuestro tiempo y autor de numerosos éxitos internacionales, entre ellos *El alquimista, El peregrino, Adulterio, Once minutos* y *La espía*. Traducido a 80 idiomas, sus libros han vendido más de 225 millones de ejemplares en más de 170 países. Es miembro de la Academia Brasileña de Letras y ha recibido la condecoración de Caballero de la Orden de la Legión de Honor francesa. En 2007, fue nombrado Mensajero de la Paz de las Naciones Unidas.

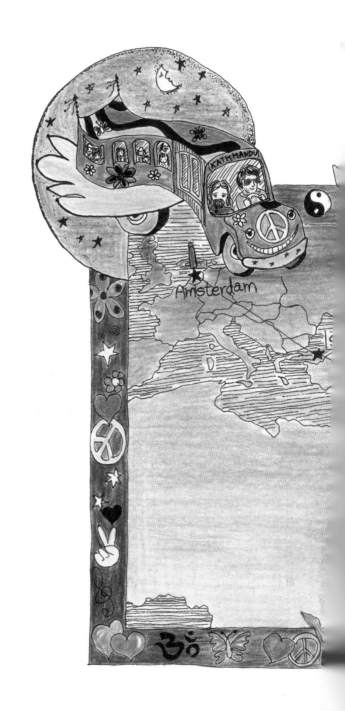